백석을 읽다

백석을 읽다

소소하고 사소한 것들의
아름다움

전국국어교사모임 지음

Ⓗ

머리말

"가난하고 외롭고 높고 쓸쓸하니"(《흰 바람벽이 있어》)는 백석의 모습을 가장 잘 드러내는 표현일 것이다. 높아서 쓸쓸하게 살다 간 백석. 윤동주, 신경림, 안도현 등 많은 시인이 동경했던 시인. 잘생긴 외모로 당대 최고의 모던보이로 불렸던 시인. 박경련과 자야와의 애절한 사랑 이야기를 남긴 시인. 그러나 그의 삶보다 더 매력적인 것이 그의 시다.

백석 시의 매력은 무엇일까? 백석의 시는 정갈하다. 큰 것을 이야기하지 않고 사소한 것을 이야기한다. 그런데 그 사소한 것이 큰 것보다 더 크게 다가온다. 주변 사람들의 이야기, 주변의 소소한 이야기를 읽다 보면 삶의 진리를 깨닫기도 한다. 큰 것과 일등을 추구하는 이 시대에 백석의 시는 소소하고 사소한 것의 아름다움을 우리에게 전한다.

하지만 백석의 시를 처음 접하면 당혹스러울 수 있다. 시 속에 평안도 사투리가 많이 등장하기 때문이다. 국어사전에도 나오지 않는 생소한 어휘가 많아 무슨 말인지 알 수가 없다. 그러나 평안도 사투리의 뜻을 파악하면, 왜 그가 굳이 표준어를 쓰지 않고 사투리를 썼는지 알게 된다. 더불어 사투리가 백석의 시를 더 맛깔나게 하고 있음도 알아차리게 된다.

이 책에 실린 백석의 시는 모두 21편이다. 백석은 100여 편의 시를 남겼는데, 이 중에서 우리에게 익숙하거나 백석 시의 참맛을 알 수 있는 시편들을 골라 엮었다. 시에 대한 이해를 바탕으로 다시 한번 시를 읽어본다면 백석 시가 지닌 매력을 발견하게 될 것이다.

이 책은 백석 시를 먼저 접한 선배가 백석 시를 접할 후배에게 백석 시를 좀 더 쉽게 만날 수 있도록 안내하는 책이다. 이 책을 읽으며 백석 시의 매력을 느낄 수 있었으면 좋겠다. 그리하여 우리의 청소년들이, 바빠 사는 현대인들이 백석의 넓고 깊은 시 세계를 즐겁게 여행하면 좋겠다.

권진희, 이정관

차례

머리말 4

1. 백석 시의 원본은 《정본 백석 시집》(고형진, 문학동네)을 참고했습니다.

2. 원본 중 한자는 모두 한글로 바꾸었습니다.

3. 현대어로 바꾼 것은 《정본 백석 시집》, 《백석 전집》(김재용, 실천문학사), 《다시 읽는 백석 시》(현대시비평연구회, 소명출판)를 참고했고, 더 바꿀 필요가 있는 것들은 선생님들과 협의해 가장 적절한 것으로 바꾸었습니다.

4. 원문을 현대어 표기법(맞춤법과 띄어쓰기 등)에 맞게 바꾸었고, 원문의 느낌을 살려야 할 필요가 있는 시어들은 그대로 살려두고 각주를 달았습니다.

5. 마침표나 쉼표 등은 꼭 필요한 경우가 아니면 원문과 같게 표시했습니다.

6. 시를 읽고 나서 시에 대한 이해를 돕기 위해 두 가지 방식으로 설명을 덧붙였습니다. 먼저 시를 이해하는 데 중요한 키워드를 뽑아 핵심 내용을 알려줌으로써 시의 맥락과 시적 표현을 파악할 수 있게 했습니다. 이어서 전체적인 시의 느낌을 담은 감상글을 실어 시의 맛과 매력을 알 수 있게 했습니다.

7. 선생님들이 이 책을 '한 학기 한 권 읽기'에 활용할 수 있도록 따로 수업 활동 자료를 만들었습니다. 해당 자료는 휴머니스트 출판사 홈페이지(www.humanistbooks.com) '공지사항' 게시판에서 내려받을 수 있습니다.

01

백석의

삶과

작품

세계

백석의 삶

• 백석의 생애는 고형진의 《백석 시 바로읽기》(현대문학, 2006), 안도현의 《백석 평전》(다산책방, 2014), 이숭원의 《백석 시의 심층적 탐구》(태학사, 2006)를 참고했다.

백석은 1912년 7월 1일 평안북도 정주에서 아버지 백시박과 어머니 이봉우의 3남 1녀 중 장남으로 태어났다. 본명은 백기행으로, 오산고보를 졸업하고 일본 유학 때까지 이 이름을 사용했다.

백석의 어린 시절은 시에서도 드러난다. 특히 〈여우난골족〉을 읽어보면 백석의 가족관계를 알 수 있다. 고모, 삼촌, 사촌 등의 특징을 시로 표현한 것이 참 재미있다. 〈고야〉, 〈가즈랑집〉, 〈고방〉, 〈동뇨부〉 같은 시 속에서도 백석의 어린 시절을 상상할 수 있다. 풍족하지는 않아도 모두 모여 '모닥불'을 쬐듯 따뜻하고 미소가 지어지는 어린 시절을 보냈다는 것을 알 수 있다. 할머니에게 옛이야기도 많이 들었고(〈가즈랑집〉), 백석이 어렸을 때 자신의 오줌으로 막내고모가 세수를 했었다는 이야기를 전해 듣기도 하고(〈동뇨부〉), 명절이면 친할아버지 댁에 모여 사촌들과 밤새워 놀았던 추억(〈여우난골족〉)도 있다.

백석은 1918년 오산소학교에 입학해 1929년 3월 오산고등보

통학교를 졸업했다. 오산학교는 우리 현대사에서 중요한 곳 가운데 하나다. 김소월 시인과 단편소설 〈소나기〉를 쓴 황순원, '소'를 소재로 하여 역동적 그림을 그린 이중섭 역시 오산학교 출신이다. 오산학교는 남강 이승훈 선생이 '애국 계몽 운동'을 목적으로 1907년 정주군 갈산면 익성동 오산에 세운 신식 교육을 위한 소학교가 그 출발이다. 이광수, 조만식, 김억 등이 교사로 재직하면서 교육을 했으나 3·1운동 당시 일본 헌병들이 학교를 불태워 버려서 문을 닫아야 했다. 백석은 1924년 오산고보에 진학했는데, 2학년 때 조만식 선생이 교장으로 부임하게 된다. 백석은 산문 〈소월과 조선생〉(조선일보, 1935년 5월 1일자)에서, 김억에게 소월이 생전 손에서 놓지 않던 공책을 빌려왔는데 장장마다 소월의 시와 삶이 펼쳐져 있어 이상한 흥분을 금하지 못했다며 그 심정을 생생하게 술회했다.

　백석은 오산고보 졸업 후 경제적 사정으로 상급 학교에 진학하지 못했다. 그 후 1930년 1월 조선일보 신년 현상문예에 응모한 소설 〈그 母(모)와 아들〉이 1등으로 당선되었고, 방응모의 도움으로 도쿄 아오야마(靑山)학원 영어사범과에 입학하게 된다. 1934년 졸업 후 귀국한 백석은 조선일보에 입사한다. 유학을 가고 직장을 얻는 데에 방응모의 도움을 받았는데, 그와 관련한 시가 바로 〈고향〉이다. 시에서도 알 수 있듯이, 백석에게 방응모는 후견인을 넘어 고향 정주 같은 사람이자 아버지 같은 사람이었다.

백석은 조선일보 교정부 기자로 근무하면서 〈해빈수첩〉(이심회회보, 1934)이라는 수필을 쓰기도 하고, 외국 작품을 번역하기도 하고, 소설 〈마을의 유화〉(조선일보, 1935년 7월 7~20일), 〈닭을 채인 이야기〉(조선일보, 1935년 8월 11~25일)를 발표하기도 한다. 그러다가 1935년 8월 30일자 조선일보에 〈정주성〉을 발표하면서 본격적인 시인의 행보를 걷는다. 1936년 1월 20일에 시집 《사슴》을 100부 한정판으로 출간했는데, 당시 문단에 큰 반향을 일으켰다고 한다. 윤동주가 백석의 시집을 구하지 못해 안타까워했다는 이야기도 전한다.

백석은 1936년 3월 8일자 조선일보에 〈삼천포〉를 발표한 후 1936년 4월 함경남도 함흥 영생고보 영어 교사로 취직하면서 한동안 시를 발표하지 않았다. 영어 교사의 삶에 만족하며 살았다는 뜻일 수도 있고, 혹은 시를 쓸 수 없을 만큼 힘들었기 때문일 수도 있다. 〈가재미·나귀〉와 〈무지개 뻗치듯 만세교〉라는 수필에서 보듯, 함흥에서의 삶은 대체로 만족스러웠던 것으로 보인다. 그러나 짝사랑하던 여자가 자신의 친구와 결혼했다는 소식을 듣고 나서 상심하게 된다.

그래서 1년 7개월간 시를 발표하지 않다가 1937년 10월 《조광》 3권 10호에 '함주시초'라는 이름으로 시 다섯 편을 발표한다. 영생고보에서 교사 생활을 하면서 함경남도 일대를 돌아본 체험을 바탕으로 쓴 시들이다. 북관(함경도)의 음식을 먹은 일(〈북관〉), 산골에 사는 사람이 마치 선한 노루 같다고 생각한 일(《노루》), 함경도 함주군에 있는 귀주사에 다녀온 일(《고사》), 초라한 밥상 앞에서 이만하면 충분하다고 생각한 일(《선우사》), 산골짜기에 몇 집 되지 않은 사람들이 살고 있는 모습을 관찰한 일(《산곡》) 등을 담고 있다.

그러다가 1938년 12월 영어 교사 생활을 그만두고, 1939년 1월 조선일보에 다시 들어가 편집자로 일하다가, 1939년 10월 조선일보를 그만둔다. 이후 평안북도를 여행하며 '서행시초'라는 기행시를 쓴다. 돼지고기 국수를 먹으며 지난 역사를 떠올린 일(《북신》), 남의 집에서 일하던 어린아이가 힘들게 사는 모습(《팔원》) 등을 시로 풀었다. 이후 1940년 만주로 떠난다.

조국을 떠나 만주에서의 삶은 평탄하지 않았을 것이다. 당시 썼던 시들을 살펴보면 다른 문화의 신기함(《수박씨, 호박씨》, 《조당에서》)도 이야기했지만, 그보단 같이 지냈던 친구들에 대한 그리움(《북방에서》, 《허준》)이 더 커 보인다. 외국에 나가면 김치가 먹고 싶어지듯 고향에서 즐겨 먹었던 음식(《국수》)도 그리웠을 테고, 어머니며 옛 연인을 떠올리다가 시인이라는 운명에 대해 고민(《흰 바람벽이 있어》, 《두보나 이백같이》)도 했을 것이다.

해방이 되자 신의주를 거쳐 고향인 정주로 돌아와 오산고보 시절 존경하던 스승인 조만식의 통역 비서 일을 한다. 해방 전에 백석이 썼던 《적막강산》, 《마을은 맨천 구신이 돼서》, 《칠월 백중〉을 보관하고 있던 허준이라는 소설가가 이 세 작품을 발표한다. 남한에서는 1948년 10월《학풍》창간호에 〈남신의주 유동 박시봉방〉을 발표한 것을 끝으로, 북한에서 작품 활동을 하다가 1996년에 양강도 삼수군에서 사망한 것으로 알려져 있다.

백석의 시를 읽으면 시간 여행을 하고 있는 듯하다. 이뿐만 아니라 우리가 가보지 못한 북쪽 지역을 상상할 수 있게 해준다. '100년 전쯤 평안도와 함경도에서는 저런 음식을 먹었구나', '저런 옷을 입고 저런 말을 했구나', '저렇게 살았겠구나'. 그래서 백석의 시를 읽으면 새롭고 신기하다.

또한 백석의 삶을 따라가다 보면 그 당시의 혼란한 사회상이 그대로 느껴지는 것 같아 안타깝다. 3·1운동으로 인해 다니던 학교가 불타 강제로 휴교가 되고, 중일전쟁으로 조선인은 전쟁터로 끌려가고, 교사로 있던 학교에서는 일본어 사용을 강요하고, 시를 쓰고자 했으나 시를 발표할 신문과 잡지는 폐간되고, 만주로 떠났다가 해방 이후 다시 고향으로 돌아왔으나 철도가 끊겨 남과 북으로 분단이 되어버린 상황에 이르게 된다. 우리나라의 역사를 온몸으로 살아낸 한 시인의 삶에서 우리는 시인이 시인으로 살 수 없었던 안타까움을 느끼게 된다.

백석의 작품 세계

여인, 여행, 음식

(1) 여인

백석은 세 번 결혼을 한다. 해방 전에는 장정옥과 결혼하고, 해방
후에는 문경옥, 리윤희와 결혼했다. 이 세 명의 아내와 관련한 시
는 거의 없다. 백석의 마음을 사로잡은 여인은 따로 있었는데, 바
로 '박경련'과 '자야'이다.

백석은 통영의 처자 박경련을 보고 반하게 된다. 백석이 박경
련을 처음 본 것은 친구 허준의 결혼 축하연 자리였다. 그때가
1935년 6월(음력)이다. 백석은 6개월 후인 1936년 2월 21일자 조
선일보에 〈편지〉라는 산문을 발표한다.

> 남쪽 바닷가 어떤 낡은 항구의 처녀 하나를 나는 좋아하였습니
> 다. 머리가 까맣고 눈이 크고 코가 높고 목이 패이고 키가 호리낭
> 창하였습니다. 그가 열 살이 못 되어 젊디젊은 그 아버지는 가슴을
> 앓아 죽고 그는 아름다운 젊은 홀어머니와 둘이 동지섣달에도 눈

이 오지 않는 따뜻한 이 낡은 항구의 크나큰 기와집에서 그늘진 풀같이 살아왔습니다. 어느 해 유월이 저물게 실비 오는 무더운 밤에 처음으로 그를 안 나는 여러 아름다운 것에 그를 견주어보았습니다. 당신께서 좋아하시는 산새에도 해오라비에도 또 진달래에도 그리고 산호에도……. 그러나 나는 어리석어서 아름다움이 닮은 것을 골라내일 수 없었습니다. 총명한 내 친구 하나가 그를 비겨서 수선이라고 하였습니다. 그제는 나도 기뻐서 그를 비겨 수선이라고 하였습니다.

박경련이라는 이름은 나와 있지 않지만 '그'가 박경련이라는 것은 쉽게 알 수 있다. '그 아버지는 가슴을 앓아 죽고'는 박경련의 아버지가 폐결핵으로 죽은 가정사와 연결되기 때문이다. 그리고 '낡은 항구'는 백석이 1935년 12월 《조광》 1권 2호에 발표한 〈통영〉이라는 시에도 나온다. "옛날엔 통제사가 있었다는 낡은 항구의 처녀들에겐 옛날이 가지 않은 천희라는 이름이 많다." 이 '천희'가 박경련인지는 알 수 없지만, 산문 〈편지〉와 시 〈통영〉에 나오는 '낡은 항구'는 통영을 가리킨다. 또 〈통영〉이라는 시에 "저문 6월의 바닷가에선"이라는 표현이 나오는데, 〈편지〉에도 같은 구절이 나온다. '저문 6월'은 백석이 허준의 결혼식에 갔던 때다. 두 작품을 통해 백석이 박경련을 좋아했다는 사실을 짐작할 수 있다.

그러나 둘의 사랑은 이루어지지 않았다. 백석이 1936년에 다시 통영을 찾아가 박경련에게 청혼하려 했지만 그녀를 만나지 못하고 돌아온다. '통영'이라는 제목으로 쓴 두 번째 시에 이 상황이 잘 나타나 있다.

난이라는 이는 명정골에 산다던데

명정골은 산을 넘어 동백나무 푸르른 감로 같은 물이 솟는 명정 샘이 있는 마을인데

샘터엔 오구작작 물을 긷는 처녀며 새악시들 가운데 내가 좋아 하는 그이가 있을 것만 같고

내가 좋아하는 그이는 푸른 가지 붉게붉게 동백꽃 피는 철엔 타관 시집을 갈 것만 같은데

긴 토시 끼고 큰머리 얹고 오불고불 넘엣거리로 가는 여인은 평 안도서 오신 듯한데 동백꽃 피는 철이 그 언제요

처음 발표한 〈통영〉에 등장하는 '천희'가 박경련인지 알 수 없지만, 두 번째 발표한 〈통영〉의 '난이'는 확실히 박경련으로 보인다. 실제 박경련이 살았던 곳이 명정골이기 때문이다. 명정골은 이순신 장군의 사당인 충렬사 가까운 곳에 있는 마을이다. 그래서 그녀를 만나지 못한 백석은 "옛 장수 모신 낡은 사당의 돌층계에 주저앉아서 나는 이 저녁 울 듯 울 듯 한산도 바다에 뱃사공이

되어가며 / 지붕 낮은 집 담 낮은 집 마당만 높은 집에서 열나흘 달을 업고 손방아만 찧는 내 사람을 생각한다"라며 그녀를 만나지 못한 아쉬움을 드러낸다.

사랑이 이루어지지 못했지만 백석은 박경련을 잊지 못한다. 그리고 1936년 4월, 백석은 경성을 떠나 함경남도 함흥에 있는 영생고보의 영어 교사로 취직한다. 그 후 1년 7개월 동안 시를 발표하지 않는데, 그때 박경련은 백석의 친한 친구였던 신현중과 결혼을 하게 된다. 백석은 어떤 심정이었을까? 자신이 짝사랑했던 여인이 자신의 친구와 결혼을 하다니. 게다가 그 친구는 약혼녀와 파혼하고 박경련과 1937년 4월에 결혼한 것이다. 백석이 1938년 4월에 발표한 〈내가 생각하는 것은〉의 "내가 오래 그려오던 처녀가 시집을 간 것과 / 그렇게도 살뜰하던 동무가 나를 버린 일을 생각한다"라는 구절에서 당시 백석의 심경을 읽을 수 있다.

〈흰 바람벽이 있어〉에서는 박경련의 모습이 이렇게 묘사된다.

어늬 먼 앞대 조용한 개포가의 나지막한 집에서
그의 지아비와 마주 앉아 대구국을 끓여놓고 저녁을 먹는다
벌써 어린것도 생겨서 옆에 끼고 저녁을 먹는다

백석은 사랑하는 사람과의 혼인이 성사되지 않자 크게 상심하다가 '자야'라는 기생을 만난다. 기명이 '진향'이었던 그녀에게 자

야라는 아호를 지어주며 둘은 사랑에 빠진다. 하지만 기생인 자야와 혼인하는 것은 그 당시 상황에서 어려운 일이었다. 결국 부모의 강권으로 백석은 다른 여자와 결혼을 하고, 자야는 백석 모르게 짐을 꾸려 함흥에서 경성으로 떠난다. 그러나 몇 달 후 백석은 경성에 사는 자야를 만난다.

가난한 내가
아름다운 나타샤를 사랑해서
오늘 밤은 푹푹 눈이 내린다

〈나와 나타샤와 흰 당나귀〉에 나오는 '나타샤'는 자야로 추정된다. 이때쯤 백석은 자야에게 만주에 가서 살자고 했다고 한다. "산골로 가는 것은 세상한테 지는 것이 아니다 / 세상 같은 건 더러워 버리는 것이다"라는 구절에 백석의 기개와 아픔이 묻어난다.

그 후 백석은 자야를 붙잡지만 자야는 끝내 그를 거절한다. 그리고 해방 후 자야는 남쪽에, 백석은 북쪽에 자리 잡고 살게 된다. 분단으로 더는 백석을 만나지 못하게 된 자야는 그를 잊지 못해 《내 사랑 백석》도 출간하고, '백석 문학상'을 만들기도 한다.

박경련과 자야, 백석이 사랑했던 두 여인. 비록 그 사랑이 이루어지지는 않았지만, 두 여인에 대한 마음을 표현한 백석의 아름다운 시가 있기에 그 사랑이 우리에게 기억되는 것이 아닐까.

(2) 여행

백석은 1930년 4월 일본 아오야마학원 영어사범과에 입학하게 되는데, 이것이 여행이라고 할 수 있는 첫 떠남이다. 여유 있는 집안이 아니었던 백석이 일본으로 갈 수 있었던 것은 조선일보 방응모의 도움이 컸다. 금광 개발로 큰돈을 벌게 된 방응모는 장학회를 만들어 평안북도 정주 출신들을 지원하기도 했는데, 그 덕에 백석이 일본으로 갈 수 있었던 것이다.

백석은 4년간 일본에 머물며 공부했는데, 이때 쓴 작품은 그리 많지 않다. 시 〈시기(枾崎)의 바다〉(1936. 1), 〈이두국주가도(伊豆國湊街道)〉(1936. 3)와 수필 〈해빈수첩〉(1934) 속에 실린 짧은 글 3편(〈개〉, 〈가마구〉, 〈어린아이들〉) 정도이다. 〈해빈수첩〉 끝에 '남이두시기해빈(南伊豆枾崎海濱)'이라고 썼으니, 이 작품이 비슷한 시기에 비슷한 공간에서 쓴 것이라고 볼 수 있다.

일본에서 쓴 시의 제재는 모두 바다이다. 백석은 평안북도 정주에서 나고 자랐기에 바다를 본 경험이 많지 않았을 것이다. 그런 백석이 일본의 이즈반도 남쪽 '시기(가키사키)의 바다'를 보며 신기함을 느꼈을 것이다. 그래서 일본에 대한 새로움보다 바다에 대한 새로움이 더 컸을 테고, 바닷가에 살고 있는 것들을 관찰하며 바닷가의 삶에 대해 이야기하고, 바닷가의 떠들썩한 분위기와 그곳의 풍물을 표현하고 있다. 외국의 바닷가에서 "배창에 고기 떨어지는 소리"를 들으며, "금귤이 누런 마을 마을을 지나가며 싱싱한 금귤을 먹는 것은" 즐거운 일일 것이다. 외국 유학의 삶의 흥겨움도 있겠지만 4년간 고향을 떠나 그것도 일본에서 청춘을 보내는 것이 마냥 행복한 일만은 아니었을 것이다. "가슴 앓는 사람"이 되어 "덧문을 닫고 버러지같이 누"워 그 긴 시간을 견디는 나날도 많았을 것이다.

1934년 3월 6일 백석은 아오야마학원 영어사범과를 졸업하고 곧바로 귀국해 4월에 조선일보 출판부에서 근무하게 된다. 이후 〈정주성〉(1935. 8)을 발표하고, 1936년 1월에 시집 《사슴》을 펴냈다. 〈설문답〉(1938. 3), 〈마포〉(1935. 11) 등의 산문에 당시 경성에 살던 때의 심회가 드러나기도 한다.

경성에 살던 어느 날, 가장 친한 친구인 소설가 허준의 결혼식이 있어 통영을 다녀온 후 〈통영〉이라는 첫 시를 쓰게 된다. 백석은 '통영'이라는 제목의 시를 총 세 편 썼다. 모두 통영을 다녀와서 썼는데, 통영을 자주 간 것은 짝사랑하던 여자 때문이다.

통영에 대해 쓴 마지막 시는 '서병직 씨에게'라는 부제가 붙은 〈통영 – 남행시초 2〉이다. 통영 장을 구경하면서 먹을 것도 사고, 배도 한번 만져보고, 품바타령도 들으며 여행지에 대한 흥겨움을 시에 담아냈다. '서병직'은 박경련의 외삼촌인데, 아마 서병직 씨와 함께 통영 여기저기를 구경하고 그에 대한 고마움으로 이 시를 쓴 듯하다. 그러나 이 흥겨움과는 반대로, 백석은 박경련에게 청혼을 하러 갔으나 안타깝게도 성사되지 않았다.

지금도 통영 명정동에 위치한 충렬사 바로 앞에 '통영 2'라는 제목으로 "구마산의 선창에선"으로 시작하는 시가 새겨진 백석의 시비가 있으며, 시비의 맞은편에는 "푸르른 감로 같은 물이 솟는 명정샘"에서 물이 흐르고 있다.

1936년 4월, 백석은 함경남도 함흥에 있는 영생고보의 영어 교사로 취직해 경성을 떠난다. 백석이 나고 자란 평안도는 서쪽 지역이고, 함경도는 동쪽 지역이다. 백석은 말도 풍습도 기후도 다른 함흥에서 느낀 점이나 새로움을 〈북관〉, 〈고향〉, 〈절망〉, 〈선우사〉, 〈고사〉, 〈석양〉 등의 시로 표현했다.

1938년 12월 영생고보를 떠나기까지 백석은 함흥에서의 삶에 대체로 만족한 듯하다. 백석에게 함흥은 좋아하는 가자미를 먹고 나귀를 구해서 타고 싶게 하는 곳(〈가재미·나귀〉)이었다. 또 "서울 사람의 경복궁과도 바꾸지 않을" 만큼 아름다운 곳(〈무지개 뻗치듯 만세교〉)이며, 동해를 바라보며 "밀짚모자를 쓰고 맥주를 마시면서" 친구도 생각하고 사랑하는 사람을 생각할 만큼 낭만적인 곳(〈동해〉)이었다. 비록 사랑했던 연인이 친구와 결혼하는 실연을 겪기도 했지만, 오래전부터 꿈꾸었던 영어 교사의 삶과 자야라는 사랑하는 여인이 있었기 때문일 것이다.

그러나 한편으로는 중일전쟁으로 조선의 삶은 더욱 피폐해지고, 사랑은 어렵고(〈바다〉), 고향은 그립고(〈고향〉), 경제적으로도 풍족하지 못하고(〈가무래기의 낙〉), 자신의 처지가 꽁꽁 얼어가는 명태 같다(〈멧새 소리〉)고 생각하기도 한다. 북관은 튼튼하고 아름다운 곳이기도 하지만, 무거운 삶의 무게를 짊어지고 어린것을 먹여 살려야 하는 곳(〈절망〉)이었다. "가파로운 언덕길"처럼 숨이 차게 하는 서러운 곳(〈절망〉)이고, "노루새끼를 닮"은 북관 사람들(〈노루〉)은 "투박한 북관 말을 떠들어대며" "사나운 짐승같이들"(〈석양〉) 살아가는 곳이다. 이것은 북관의 삶이자 그 당시 한반도의 삶이기도 했을 것이다.

1939년 1월, 백석은 학교를 그만두고 다시 경성으로 와서 조선일보에 재입사한다. 편집장으로 잡지 《여성》도 만들고 시도 쓰지만, 결국 같은 해 10월 일을 그만두고 고향으로 간다. 그때 쓴 시가 〈서행시초〉다. 평안북도 영변 일대를 여행하며 술집에서 따끈한 술국에 소주를 마시며 비 맞은 몸을 말리기도 하고(〈구장로〉), 묘향산 근처 국숫집에서 좋아하는 메밀국수도 먹고(〈북신〉), 식모살이하다가 다른 곳으로 가는 계집아이를 보며 마음 아파하다가(〈팔원〉), 장날 장터에서 엿도 사고 맛있는 떡이며 감주, 호박죽을 보며 기뻐하기도 한다(〈월림장〉).

이 여행을 마치고 백석은 1940년 2월 조선을 떠나 만주국의 수도였던 신경(신징, 현재 중국 지린성 창춘시)으로 간다. 만주에서의 삶은 어떠했을까? 처음에는 신기한 것들이 눈에 들어왔을 것이다. 그래서 '이 사람들은 수박씨, 호박씨 볶은 것을 입으로 잘 까서 먹는구나(〈수박씨, 호박씨〉), 중국 사람들과 같이 발가벗고 공중목욕탕에서 몸을 녹이고 있다니 좀 외롭기도 하고 우습기도 하구나(〈조당에서〉), 촌에서 온 저 아이는 왜 울고 있을까(〈촌에서 온 아이〉)' 등 새로운 것에 대해 시를 쓴다. 그러나 누구나 그렇듯 떠나온 조국과 고향에 대한 그리움은 어쩔 수가 없다. 친구들도 보고 싶고(〈북방에서 - 정현웅에게〉, 〈허준〉), 어린 시절 고향에서 겨울날 먹었던 국수도 먹고 싶고(〈국수〉), 방 안에서 어머니며 사랑하는 사람이며 쓸쓸한 자신의 삶을 흰 벽에 비춰보기도 한다(〈흰 바람벽이 있어〉).

그러다 해방 후 신의주를 거쳐 고향으로 돌아오고, 이것으로 백석의 긴 여행은 끝난다. 6년간의 만주 생활. 그간의 백석 인생을 짐작하게 하는 시가 바로 〈남신의주 유동 박시봉방〉이다. 가장 마지막에 쓴 작품으로 알려진 이 시는 만주 생활을 접고 다시 고향으로 돌아오면서 신의주 어디에선가 쓴 게 아닐까 싶다. 자신의 인생을 돌아보며 담담하게 써 내려간, 일기 같기도 하고 편지 같기도 한 32행의 시로, 인생을 돌아보게 되는 아름다운 작품이다.

(3) 음식

사람의 기억을 잘 떠올리게 하는 감각이 후각과 미각이라고 한다. 어떤 냄새를 맡고 문득 어떤 기억이 떠오를 때가 있다. 이는 그 냄새와 관련된 삶의 어느 한 자락이 후각을 타고 내게 오기 때문일 것이다. 어느 음식에 대해 그 맛보다 아련했던 기억이 먼저 떠오른다면 이 또한 미각이 내 삶의 한 귀퉁이를 자극했기 때문이다.

백석의 시를 읽다 보면 자신도 모르게 군침이 돌기도 하고, 갑자기 허기가 느껴지기도 한다. 백석 시에 등장하는 음식의 종류가 무려 110종에 달한다●고 한다. 무이징게국, 국수, 돼지고기, 가자미, 수박씨, 호박씨…….

이 그득히들 할머니 할아버지가 있는 안간에들 모여서, 방 안에서는 새 옷의 내음새가 나고

또 인절미 송기떡 콩가루차떡의 내음새도 나고, 끼때의 두부와

● 소래섭, 《백석의 맛》, 프로네시스, 2009.

콩나물과 볶은 잔대와 고사리와 돼지비계는 모두 선득선득하니 찬
것들이다

인절미, 송기떡, 콩가루차떡 같은 떡들과 끼니때 먹을 두부, 콩
나물, 잔대볶음, 고사리, 돼지비계 같은 반찬들이 즐비한 명절 음
식. 우리는 이 부분을 읽으면서 우리의 명절 음식과 명절의 기억
을 소환하게 된다. 예쁜 색깔의 떡, 푸짐한 잡채, 고소한 전, 달콤
짭짤한 갈비, 여기에 흰 쌀밥. 그리고 뒤이어 오랜만에 만난 사촌
들과 이야기를 나누며 놀던 기억들이 떠오를 것이다. 그러다 "아
침 시누이 동서들이 욱적하니 흥성거리는 부엌으론 샛문 틈으로
장지문 틈으로 무이징게국을 끓이는 맛있는 내음새가 올라오도
록 잔다"라는 대목을 읽으면서 '무이징게국이 뭘까?' 하는 궁금증
이 생길 것이다. 무이징게국이 민물새우에 무를 썰어 넣고 끓인
국이라는 사실을 알게 되면 눈을 감고 그 맛과 냄새를 느끼는 자
신을 만나게 될지도 모른다.
　백석의 시를 읽는 우리뿐 아니라 백석 자신도 음식을 보고 먼
기억을 소환하기도 한다.

명태창난젓에 고추무거리에 막칼질한 무를 비벼 익힌 것을
이 투박한 북관을 한없이 끼밀고 있노라면
쓸쓸하니 무릎은 꿇어진다

명태창난젓에 고추무거리에 막칼질한 무를 비벼 익힌 음식을 보고 백석은 북관의 모습을 담은 음식이라고 생각한다. 이 음식을 보면서 여진의 살냄새와 신라 백성의 향수도 느낀다. 또 "털도 안 뽑은 고기를 시꺼먼 맨메밀국수에 얹어서 한입에 꿀꺽 삼키는 사람들을 바라보며" 소수림왕과 광개토대왕을 생각하기도 한다.

백석은 음식을 친구로도 생각한다.

흰밥과 가자미와 나는
우리들은 그 무슨 이야기라도 다 할 것 같다
우리들은 서로 미덥고 정답고 그리고 서로 좋구나

흰밥과 가자미는 '나'의 친구이다. 그래서 미덥고 정답다. 서로 욕심이 없어 하얗다. 그런 흰밥과 가자미와 같이 있으면 "세상 같은 건 밖에 나도 좋을 것 같다"고 생각한다. 다시 말해, 백석에게 음식은 마음을 터놓을 친구인 것이다.

이런 백석이 가장 좋아하는 음식은 국수가 아닐까 싶다.

여인숙이라도 국숫집이다
메밀가루 포대가 그득하니 쌓인 윗간은 들믄들믄 더웁기도 하다
나는 낡은 국수분틀과 가지런히 나가 누워서

- 〈산숙〉에서

31

부엌으론 무럭무럭 하이얀 김이 난다

자정도 훨씬 지났는데

닭을 잡고 메밀국수를 누른다고 한다

- 〈야반〉에서

그 맛있는 메밀국수를 삶는 장작도 자작나무다

- 〈백화〉에서

국숫집에서는 농짝 같은 돼지를 잡아 걸고 국수에 치는 돼지고
기는 돗바늘 같은 털이 드문드문 박혔다

나는 이 털도 안 뽑은 돼지고기를 물끄러미 바라보며

또 털도 안 뽑은 고기를 시켜면 맨메밀국수에 얹어서 한입에 꿀
꺽 삼키는 사람들을 바라보며

- 〈북신〉에서

백석은 여러 시에서 국수 이야기를 한다. 이뿐만 아니라 제목
이 '국수'인 시도 있다. 수수께끼처럼 풀어쓴 시 〈국수〉는 국수를
예찬한 시라고 해도 과언이 아니다. 그런데 백석의 시에 나오는
국수는 우리가 알고 있는 국수가 아니라 '냉면'을 일컫는다.

시에서 백석처럼 많은 음식을 이야기한 시인은 없을 것이다. 참
많은 음식이 나오지만, 이 음식들은 귀하고 비싼 것이 아니다. 평

범한 사람들이 먹는 음식이다. 그래서 더 침이 고이고 먹고 싶어진다. 그러면서 그 음식을 먹는 사람들에 대한 애정이 생긴다. 백석은 음식을 통해 기억을 소환하고, 평범한 사람들의 평범한 삶이 아름다운 삶이 되게 이야기한다. 먹는 일만큼 사람을 행복하게 하는 것은 없다. 백석의 시는 그래서 읽는 우리를 행복하게 한다.

02

키워드로

읽는

백석 시

정주성

산턱 원두막은 비었나 불빛이 외롭다
헝겊 심지에 아주까리기름의 쪼는 소리가 들리는 듯하다

잠자리 조을던 무너진 성터
반딧불이 난다 파란 혼들 같다
어데서 말 있는 듯이 커다란 산새 한 마리 어두운 골짜기로 난다

헐리다 남은 성문이
하늘빛같이 훤하다
날이 밝으면 또 메기수염의 늙은이가 청배를 팔러 올 것이다

아주까리기름 피마자 열매의 씨로 짠 기름.

정주성   🔍

'정주성'은 이 시의 공간적 배경이다. 정주성은 평안북도 정주군 정주읍에 있는 성이며, 정주는 백석의 고향이다. 정주성은 조선 초기에 흙으로 쌓은 토성으로, 이 성은 '홍경래의 난'으로도 유명하다. 1811년 홍경래는 이 성의 서장대 (장수가 올라서서 지휘할 수 있도록 산성의 서쪽에 높이 만들어놓은 대)에서 관군에 맞서 마지막 항전을 벌였다.

2연의 '무너진 성터', 3연의 '헐리다 남은 성문'이라는 구절에서 알 수 있듯이, 백석이 살던 때는 정주성이 보수되지 않아 퇴락한 모습 그대로 남아 있었던 것 같다.

해질녘과 새벽녘   🔍

시 전체의 시간적 배경은 해질녘이다. 해질녘은 시각과 청각이 공존하는 시간이다. 어두운 성터에 외로운 불빛 하나와 파란 혼 같은 반딧불이 보이고, 기름의 쪼는 소리에 어디서 사람 말소리가 나는 듯이 커다란 산새 한 마리가 날아가는 소리가 들린다. 외롭고 고요한 곳인 정주성을 시각과 청각으로 절묘하게 조화시킨 감각적 표현이 이 시의 매력이다.

그런데 3연의 시간적 배경은 저녁으로도 볼 수 있고, 새벽으로도 볼 수 있다. 저녁일 경우, 골짜기는 어두워졌지만 아직 성문 위로 보이는 하늘은 제색을 유지하고 있는 어둠이 밀려오는 시간이다. 어둠이 밀려오는 이 시간, 아직 하늘이 보이는 성문 밖은 환하다. 3연의 시간을 밤이 지난 새벽으로 본다면, 멀리서 먼동이 터오면서 성문이 하늘빛처럼 훤해지는 시간의 표현이다. '하늘빛처럼 훤하다'를 새벽 시간으로 보면 '청배를 팔러' 오는 '메기수염의 늙은이'의 아침과도 잘 어울린다.

3연의 시간을 해질녘이나 새벽녘, 어느 시간으로 해석해도 전체적인 분위기는 쓸쓸하다. 3연의 시간을 해질녘으로 볼지 새벽녘으로 볼지 생각해보는 것도 이 시를 읽는 한 방법이다.

쓸쓸함   🔍

이 시에는 '쓸쓸함'을 드러내는 직접적인 표현이 전혀 없다. 그런데도 쓸쓸한 느낌을 주는 까닭은 회색빛의 시간을 배경으로 하기 때문인 듯하다. 저녁과 새벽이라는 무채색의 시간이 쓸쓸함을 자아낸다. 그리고 '비었나', '외롭다', '조을던', '무너진', '어두운', '헐리다 남은' 같은 시어들이 이런 분위기에 더해져 쓸쓸한 분위기를 만들어내고 있다.

이 시는 눈과 귀를 통해 이야기를 전달한다. 다시 말하면, 시각과 청각을 절묘하게 교차시키며 시를 풀어나간다. 외롭게 보이는 불빛(시각)에 아주까리 기름의 쪼는 소리(청각)가 들린다. 파란 혼들 같은 반딧불(시각) 위로 산새 나는 소리(청각)가 들린다. 시각은 청각을 부르고, 청각은 다시 시각을 부른다. 이렇듯 시각과 청각을 사용하여 정주성의 모습을 묘사함으로써 읽는 사람이 눈으로 보고 귀로 듣는 듯한 느낌을 갖게 한다.

정주성은 백석의 고향에 있는 성이다. 그 당시 정주성은 퇴락했었나 보다. 정주성을 보고 시인은 무슨 생각을 했을까?

시는 정주성에서 보이는 산턱의 원두막 불빛에서 이야기를 시작한다. 해가 지고 어둠이 시작되는 그 시각, 원두막에는 사람이 없어 멀리 보이는 불빛이 외롭게 느껴진다. 고요하여 심지가 타들어 가는 소리가 들릴 듯하다. 정주성 주변이 참으로 고요하다.

화자는 원두막에 두었던 눈을 거둬 성터를 본다. 낮부터 화자는 이곳에 있었나 보다. 잠자리가 날아와서 하염없이 앉아 졸던 성터. 아무도 찾지 않는 무너진 성터. 밤이 되자 그 성터에 잠자리 대신 반딧불이 난다. 어두워져 가는 시간에 나는 반딧불은 마치 파란 혼들 같다. 반딧불만 나는 이 고요한 성터에 갑자기 커다란 산새 한 마리가 난다. 무슨 소리에 놀란 듯이, 어두워져 가는 성터에서 더 어두운 골짜기로 난다. 어쩌면 이승에서 저승으로 가는 혼들의 두런거림을 들은 것일까. 고개를 들어 위가 헐린 성문을 본다. 성문 위로 보이는 하늘은 아직 하늘빛을 간직하고 있다. 아직 완전히 어둠이 몰려온 것은 아닌가 보다. 휑한 성문 밖을 보니 아침에 이곳에 올 늙은이가 생각난다.

왜 청배를 팔러 올 늙은이를 떠올렸을까? 청배는 푸른색이 감도는 배를 말한다. 성문이 하늘빛처럼 훤하다 했다. 하늘빛은 푸른빛이다. 그리고 반 딧불도 푸른빛이다. '반딧불 → 하늘빛 → 청배'로 이어지는 푸른빛. 그런데 그 푸른빛이 희망적이지만은 않다. 반딧불의 푸른빛은 죽은 혼들의 빛이고, 하늘빛의 푸른빛도 어둠에 가까운 푸른빛이다. 청배를 팔러 올 사람도 희망 이 얼마 남지 않은 늙은이다.

정주성의 푸른빛은 늙은이처럼 낡아버린 푸른빛 같다. 희망의 장소여야 하지만 그렇지 못한 곳이기 때문이다. 그러나 희망을 접을 수는 없다. 날이 밝으면 푸른 배를 파는 삶이 있는 곳, 저 멀리 한줌의 불빛처럼 희망이 존재 하는 곳이기 때문이다.

시인은 푸른빛이라는 시각을 통해 정주성의 모습과 삶을 표현하고 있다. 어둠이 밀려드는 시간의 정주성을 바라보며 어둠이 몰려든 그 시대의 삶을 이야기하고 싶었던 것은 아니었을까.

여우난골족*

　명절날 나는 엄매 아배 따라 우리 집 개는 나를 따라 진할머니 진할아버지가 있는 큰집으로 가면

　얼굴에 별자국이 솜솜 난, 말수와 같이 눈도 껌벅거리는, 하루에 베 한 필을 짠다는, 벌 하나 건너 집엔 복숭아나무가 많은 신리 고모. 고모의 딸 이녀, 작은 이녀.
　열여섯에 사십이 넘은 홀아비의 후처가 된, 포족족하니 성이 잘 나는, 살빛이 매감탕 같은 입술과 젖꼭지는 더 까만, 예수쟁이 마을 가까이 사는 토산 고모. 고모의 딸 승녀, 아들 승동이.
　육십 리라고 해서 파랗게 보이는 산을 넘어 있다는 해변에서 과부가 된, 코끝이 빨간, 언제나 흰옷이 단정하던, 말끝에 섧게 눈물을 짤 때가 많은 큰골 고모. 고모의 딸 홍녀, 아들 홍동이, 작은 홍동이.
　배나무 접을 잘하는, 주정을 하면 토방돌을 뽑는, 오리 덫을 잘 놓는, 먼 섬에 반디젓 담그러 가기를 좋아하는 삼촌. 삼촌 엄매,

* 시를 쉽게 읽을 수 있도록 쉼표와 마침표를 넣었음.

사촌 누이 사촌 동생들.

이 그득히들 할머니 할아버지가 있는 안간에들 모여서, 방 안
에서는 새 옷의 내음새가 나고
또 인절미 송기떡 콩가루찰떡의 내음새도 나고, 끼때의 두부와
콩나물과 볶은 잔대와 고사리와 돼지비계는 모두 선득선득하니
찬 것들이다.

저녁술을 놓은 아이들은 외양간 옆 밭마당에 달린 배나무동산
에서 쥐잡이를 하고, 숨바꼭질을 하고, 꼬리잡이를 하고, 가마 타
고 시집가는 놀음, 말 타고 장가가는 놀음을 하고, 이렇게 밤이
어둡도록 북적하니 논다.
밤이 깊어가는 집 안엔 엄매는 엄매들끼리 아랫간에서들 웃고
이야기하고, 아이들은 아이들끼리 웃간 한 방을 잡고 공기놀이하
고, 쌈방이 굴리고, 바리깨돌림 하고, 호박떼기 하고, 제비손이구
손이 하고, 이렇게 화디의 사기 등잔에 심지를 몇 번이나 돋우고,
홍계닭이 몇 번이나 울어서 졸음이 오면, 아랫목싸움 자리싸움을

하며 히드득거리다 잠이 든다. 그래서는 문창에 텅납새의 그림자가 치는 아침, 시누이 동서들이 욱적하니 홍성거리는 부엌으론, 샛문틈으로 장지문틈으로 무이징게국을 끓이는 맛있는 내음새가 올라오도록 잔다.

진할머니 진할아버지 친할머니, 친할아버지

별자국 마마(천연두)로 얽은 자국

벌 벌판

포족족하니 빛깔이 고르거나 깨끗하지 않고 칙칙하게 파르스름한 기운이
  도는

매감탕 엿을 고아내거나 메주를 쑤어 낸 솥에 남은 진한 갈색의 물

반디젓 밴댕이젓

삼촌 엄매 숙모

끼때 끼니때

저녁술을 놓은 저녁 숟가락을 놓은, 저녁밥을 다 먹은

쌈방이 주사위와 같은 것으로, 평안북도 지역의 놀이 도구

바리깨돌림 주발 뚜껑을 돌리며 노는 아이들의 놀이

호박떼기 앞사람의 허리를 잡고 한 줄로 늘어서서 상대 대열의 끝의 아이

를 떼어내는 놀이

제비손이구손이 서로 마주 앉아 다리를 엇갈리게 끼우고 박자에 맞춰 다리

를 세며 노는 놀이

화디 등잔걸이

팅납새 추녀

‘여우난골족’은 원래 ‘여우난곬族’이라고 쓰였는데, ‘여우난골에 사는 사람들, 여우가 나올 정도로 깊은 산속에 사는 사람들’이란 뜻이다. 이 시는 깊은 산골을 배경으로 가족 간의 따뜻함과 명절의 풍요로움을 표현하고 있다. 다양한 감각적 표현을 통해 명절날의 ‘여우난골’을 축제의 공간이자 평화로운 공간, 마음의 안식처 같은 공간으로 그려내고 있다.

이 시는 큰집에서 맞이하는 명절의 풍경을 이야기하고 있다. 1연에서는 엄마, 아빠와 함께 큰집으로 가는 모습을 나열하거나 반복하여 흥겹게 표현하고, 2연에서는 명절날 큰집에 모인 친척들이 사는 형편과 외모를 생생하게 그려낸다. ‘얼굴이 얽고, 말할 때마다 눈을 껌벅거리고, 하루에 베 한 필을 짜고, 집에 복숭아나무가 많은 신리(新里)에 사는 고모’처럼 얼굴 생김새나 성격, 취미, 사는 곳, 삶의 내력 등을 나열하며 고모와 삼촌 등 친척들의 면면에 대해 설명하고 있다.

음식 🔍

3연에서는 명절 음식을 후각적 이미지와 촉각적 이미지를 사용하여 설명하고 있다. 새 옷 냄새와 인절미, 송구떡, 콩가루찰떡의 고소한 냄새가 어우러지면서 시를 읽는 우리의 코끝을 자극한다. 제사 준비를 위해 미리 마련해 놓은 두부부침, 콩나물무침, 잔대볶음, 고사리나물, 돼지비계 등 풍요로운 먹거리를 나열하며 명절날의 흥성거림을 묘사하고 있다.

놀이 🔍

4연에서는 친척들이 모여 어른들은 어른들끼리 아이들은 아이들끼리 이야기하며 노는 장면이 나타나 있다. 어른들은 아랫간에서 웃고 이야기하고, 아이들은 쥐잡이, 숨바꼭질, 꼬리잡기, 말타기, 공기놀이, 쌈방이 굴리기, 바리깨 돌리기, 호박떼기, 제비손이구손이 등을 하면서 놀았나 보다. 닭이 우는 새벽까지 놀이를 이어가다 졸음을 못 이겨 잠이 들고, 어른들이 아침을 준비하는 소리와 맛있는 음식 냄새에 눈을 뜨게 되는 명절날의 풍경을 묘사하고 있다.

처음 이 시를 읽으면 생소한 단어들 때문에 무슨 말인지 이해하기가 어렵다. 우리가 잘 모르는 평안도 사투리와 풍속 때문일 수도 있다. 그러나 그 의미를 알게 되면 참 재미있는 시라고 생각할 것이다. 이 시는 어린 화자가 큰집에 명절을 쇠러 간 이야기를 반복과 나열을 통해 묘사하고 있다.

1연에서는 명절날 명절을 쇠러 가는 곳, 즉 이 시의 배경을 설명한다. 시간적 배경은 명절 전날, 공간적 배경은 여우난골에 있는 조부모 댁. 명절날이니 조부모님이 계신 큰집에 많은 친척이 모일 것이다. 그곳으로 가는 화자의 모습이 1연의 이야기다. 나는 엄마 아빠를 따라가고, 우리 집 개는 나를 따라간다는 말이 이 시를 귀엽고 재미있게 한다.

2연은 그곳에서 만나는 친척에 관한 이야기다. 신리에 사는 고모는 얼굴이 얽었다. 토산에 사는 고모는 열여섯에 마흔 넘은 홀아비의 후처로 들어갔다. 큰골 고모는 과부이고, 코끝이 빨갛게 되었다는 말로 보아 술도 한잔씩 하나 보다. 삼촌은 술주정이 심하다. 그래도 신리 고모는 하루에 베 한 필을 짤 정도로 부지런하며, 큰골 고모는 언제나 흰옷이 단정하고 혼자 아이 셋을 키운다.

3연에서는 명절을 쇠기 위해 새 옷을 입고 온 친척들이 모여서 명절 쇨 음식을 장만한다. 비싸거나 화려한 음식은 아니지만 제사를 지내고 친척들과 나눠 먹을 음식을 준비한다. 인절미, 송구떡, 콩가루차떡 같은 고소한 떡과 각종 나물을 하나씩 나열하며 풍요로운 명절의 분위기를 나타낸다. 전체적으로 풍요롭고 평화롭다.

그런 이들이 모여 4연에서 논다. 어른들은 어른들끼리, 아이들은 아이들끼리. 아이들은 저녁밥을 먹고 밖에서 논다. 쥐잡이를 하고, 숨바꼭질을 하고, 꼬리잡기를 한다. 어두워져 더 이상 밖에서 놀 수 없으면 방으로 들어와서 논다. 공기놀이를 하고, 주사위놀이를 하고, 밥그릇 뚜껑 돌리기도 하고, 호박떼기 놀이도 하고, 다리세기 놀이도 한다. 웃고 떠들면서 이렇게 정신없이 놀다 보니 새벽이 온다. 새벽에 졸리면 서로 따뜻한 아랫목 자리를 잡으려고 장난하다가 잠이 든다. 그 잠든 틈으로 아침 밥상에 놓일 무이징게국의 맛있는 냄새가 풍긴다.

참으로 평화로운 풍경이다. 명절날 친척들이 모여 같이 명절을 쇤다. 사는 것이 힘들어도 같이 모인 사람들에게 여우난골은 축제의 장인 것이다. 덕분에 읽는 우리도 이 축제의 장에 함께하게 된다. 시인은 어린 시절 평화롭고 풍요로웠던 여우난골이라는 공간에 우리를 초대해 같이 축제를 즐기게 한다.

모닥불

새끼줄도 헌신짝도 소똥도 갓신창도 개 이빨도 널빤지도 짚검
불도 가랑잎도 머리카락도 헝겊 조각도 막대 꼬치도 기왓장도 닭
의 깃도 개터럭도 타는 모닥불

재당도 초시도 문장 늙은이도 더부살이 아이도 새 사위도 갓사
돈도 나그네도 주인도 할아버지도 손자도 붓장수도 땜장이도 큰
개도 강아지도 모두 모닥불을 쪼인다

모닥불은 어려서 우리 할아버지가 어미 아비 없는 서러운 아이
로 불쌍하니도 몽둥발이가 된 슬픈 역사가 있다

갓신창 가죽신의 밑창

재당 집안의 어른

초시 과거의 첫 시험에 급제한 사람

문장 문중에서 항렬과 나이가 가장 위인 사람

갓사돈 새 사돈

모닥불

모닥불에서 우리가 보통 느끼는 정서는 따뜻함이다. 지치고 힘든 사람들이 모닥불을 쬐며 잠시 추위를 잊고 따스함을 느낀다. 물론 수학여행이나 수련회의 캠프파이어처럼 힘차고 역동적인 힘을 느낄 수도 있다. 이 시는 그런 따스함이나 역동성도 느끼게 하지만, 3연의 '서러운', '불쌍하니', '슬픈'이라는 시어 때문인지 쓸쓸함과 애잔함이 느껴진다.

모든 것을 태우고 모든 사람을 모이게 하는 모닥불. 시인은 이 모닥불에 우리의 슬픈 역사가 있다고 한다.

모닥불의 재료와 모닥불을 쬐는 사람

이 시는 고어와 평안도 사투리 때문에 읽기가 쉽지 않다. 그렇지만 두 사물씩 짝을 이뤄 소리 내어 읽어보자. 공통점을 찾게 될 것이다. 1연은 모닥불의 불길을 이루는 쓸모없는 사물들이 짝을 이뤄 나열된다. 새끼줄과 헌신짝, 소똥과 갓신창, 개의 이빨과 널빤지, 짚검불(지푸라기)과 가랑잎, 머리카락과 헝겊 조각, 막대 꼬치와 기왓장, 닭의 깃털과 개터럭이 짝을 이룬다. 대

51

체적으로 유사한 것들끼리 짝을 이루고 있다. 이 사물들은 제 생명이 다한 것들이다. 일상에서 버려진 것들이 모여 모닥불의 불길이 된다. 버려진 것들이 모여 새로운 에너지를 만들어내는 것이다.

2연에서는 모닥불을 쬐는 사람들이 등장한다. 1연과 마찬가지로 모닥불을 쬐는 사람들이 서로 짝을 이룬다. 재당과 초시, 문장 늙은이와 더부살이 아이, 새 사위와 갓사돈, 나그네와 주인, 할아버지와 손자, 붓장수와 땜장이, 큰 개와 강아지가 대조를 통해 짝을 이루고 있다.

몽둥발이

3연의 '몽둥발이'는 그 의미가 명확하지 않다. 국어사전에 '몽둥발이'라는 말이 있는데, 이는 '딸려 붙었던 것이 다 떨어지고 몸뚱이만 남은 물건'이라는 뜻이다. 이런 뜻으로 쓰였다면, 두 가지로 해석이 가능하다. 딸려 붙었던 것을 어미 아비로 보면 고아가 된 상황으로, 딸려 붙었던 것을 신체와 관련지어 보면 불구가 된 상황으로 유추할 수 있다. 또 국어사전에 '몽당발'이라는 말도 있는데, 이는 '사고나 병으로 발가락이 없어진 발'이라는 뜻이다. 이 뜻과 관련 지으면, 몽둥발이는 몽당발을 가진 사람 정도로 이해할 수 있다.

이렇게 해석할 경우, 모닥불과 할아버지의 슬픈 삶과의 인과관계가 좀 더 명확해진다.

슬픈 역사

쓸모없는 것들이 모닥불의 재료가 되어 활활 타오른다. 이 모닥불 곁에 앉아 모두가 평등하게 불을 쬔다. 그러나 이 불을 쬐는 우리 조상의 삶은 고단하다. 당시는 일제 강점기다. 추운 겨울, 나라를 빼앗긴 사람들이 고단하고 지친 몸을 이 모닥불에 녹이며 삶을 이어갔을 것이다. 하지만 시인은 사람들에게 따뜻한 위로가 되어준 모닥불에서 할아버지의 슬픈 역사를 떠올린다. 그것은 바로 고아로 자라 몽둥발이가 된 삶이다. 할아버지가 어렸을 때 모닥불과 관련하여 어떤 일을 겪었는지는 알 수 없지만, 모닥불은 할아버지의 서럽고 불쌍하고 슬픈 삶과 관계가 있는 것 같다. 시인은 그것을 단지 할아버지의 일로만 여기지 않는다. '역사'라고 표현한 것으로 보아, 할아버지의 삶을 당시 사람들의 일반적인 상황과 관련 지은 것이 아닐까. 그렇다면 시인이 말한 '할아버지의 슬픈 역사'는 당시 민중의 슬픈 역사와 궤를 같이한다고 볼 수 있다.

이 시를 간단하게 정리하면 이렇다. '여러 가지가 타는 모닥불에 여러 사람이 둘러앉아 불을 쬔다. 그런 모닥불에 슬픈 역사가 있다.' 모닥불에 타는 여러 재료를 1연에, 모닥불을 쬐는 여러 사람을 2연에, 그리고 그 모닥불을 보며 느낀 화자의 정서를 3연에 표현하고 있다.

이 시는 모닥불이 되어 타는 여러 재료가 두 가지씩 대구를 이루고, 쬐는 여러 사람이 둘씩 대구를 이룬다. 1연이 유사성의 나열이라면, 2연은 대체로 대조의 나열이다. 1연에서는 쓸모없는 물건들이 차별 없이 불을 지피는 재료가 됨을 이야기한다. 2연에서는 앞사람이 위고 뒷사람이 아래인 사람들로 짝을 이뤄 그 대조되는 사람들이 함께 몸을 녹이는 모습을 통해 모닥불 앞의 공간은 평등한 공간임을 드러내고 있다.

1연과 2연에서는 화자의 정서가 전혀 나타나지 않는다. 그저 나열만 할 뿐이다. 모닥불이 되어 타는 여러 재료와 모닥불을 쬐는 여러 사람을 나열했을 뿐인데 많은 생각을 하게 한다. 1연의 여러 가지 재료는 다 쓸모없는 것들이다. 이것들이 타며 사람들을 따뜻하게 한다. 세상에 쓸모없는 것은 없다는 생각을 하게 한다. 이 여러 가지가 타는 모닥불을 쬐는 사람들이 누구든, 모닥불 앞에서는 평등하다. 쓸모없는 것들이 만들어내는 불길 앞에서는 누구나 평등하다. 평등이라는 말을 굳이 하지 않아도 평등을 느낄 수 있다.

그리고 공동체를 생각하게 한다. 이런 생각을 더 깊게 해주는 것은 소재의 나열에 쓰인 조사 '-도'이다. 이것도 저것도 다 함께이다. 타는 것이건 쬐는 사람이건 말이다. '-도'보다는 '-만'이 중심인 현대사회에 이 조사 '-도'는 시를 더 따뜻하게 한다.

그렇다. 백석에게 모닥불은 평등과 공동체다. 그리고 3연에 나타나는 슬픈 역사이다. 평등하게 타고 평등하게 쬐는 모닥불. 이 평등 속에서 이뤄지는 것이 공동체다. 모닥불 앞에서 하나 되는 우리의 공동체. 그런데 그 삶이 고단하다. 몽둥발이가 되어 살아온 우리 조상의 삶이 슬프다. 그래서 백석의 눈에 슬픈 역사가 보였나 보다. 일제의 수탈로 힘겨운 삶을 살아가며 잠시나마 모닥불을 쬐는 사람들의 모습이 슬프고 가슴 아팠나 보다.

이 시는 자신의 감정을 말하지 않아도, 그저 어떤 것들을 나열만 해도 알아들을 수 있게 하는 힘이 있다. <모닥불>은 나열의 미학을 보여주는 시다.

머루밤

불을 끈 방 안에 횃대의 하이얀 옷이 멀리 추울 것같이

개방위로 말방울 소리가 들려온다

문을 연다 머루빛 밤하늘에
송이버섯의 내음새가 났다

개방위 24방위 가운데 하나인 '술방(戌方)'을 일컫는 말로, 서북쪽에 해당
한다.

머루밤   Q

머루는 포도와 비슷하게 생겼는데 알이 훨씬 작은 우리나라 야생 과일이다. 이 머루에서 파생되어 쓰이는 말로 '머루눈', '머루밤'이 있다. 머루눈은 새까만 눈, 머루밤은 깜깜한 밤을 의미한다. 제목인 '머루밤'에서 이 시의 시간적 배경이 깜깜한 밤이라는 것을 알 수 있다. 또한 횃대에 걸어놓은 옷이 추울 것 같다는 표현과 송이버섯 냄새가 났다는 표현에서 계절적 배경이 초가을(9~10월경)이라는 사실도 유추할 수 있다.

말방울 소리   Q

화자는 불을 끈 방 안 횃대에 걸린 하얀 옷을 보니 멀리 추운 곳으로 떠난 사람이 걱정되고 그리워진다. 멀리서 말방울 소리가 들려와서 혹시 그 사람일까 하는 마음에 급히 문을 열었지만 머루빛 밤하늘에 송이버섯 냄새만 나고 아무도 없다. '당신이 그리워요'라든가 '당신을 기다리고 있어요' 같은 표현 없이, 떠난 사람을 간절히 기다리고 있다는 것을 '문을 연다'라는 말로 표현하고 있다. 말방울 소리에 혹시 그 사람이 왔을까 싶어 문을 활짝 열어젖힌

것이다. 나를 떠난 사람을 기다리는 모습을 시각적·청각적·후각적 심상을
사용해 감각적으로 표현하고 있다.

송이버섯 내음새   🔍

그리워하는 사람인 줄 알고 문을 활짝 열었는데 아무도 없고 송이버섯 냄
새만 난다고 했다. 아무도 없었다는 사실을 송이버섯 냄새로 대신하고 있는
데, 그래서 그 허전함이 더욱 커지는 것 같다.

  이렇게 이 시는 시적 화자의 마음을 직접 드러내지 않고도 다 보여준다.
별다른 감정의 표현 없이 그리움이라는 마음을 전달하고 있는 것이다. 상황
을 나열하고만 있는데, 화자의 그리움과 쓸쓸함과 외로움이 그대로 전달되
는 것 같다.

이 시를 읽고 나면 왠지 쓸쓸해진다. 외롭다, 쓸쓸하다 같은 표현은 어디에도 없고 단지 시인은 잠 못 이루는 깜깜한 머루밤의 한 장면을 묘사할 뿐인데 읽고 나면 외로운 분위기를 느끼게 된다.

잠 못 이루는 밤, 불도 안 켜고 누워 있는 화자. 누군가 멀리서 돌아와야 하는데 오지 않는다. 긴 시간 어둠 속에서 눈을 뜨고 있어서 횃대의 하얀 옷이 어렴풋이 보인다. 멀리 떠난 그 옷 주인을 기다리나 보다. 아직 집으로 돌아오지 못한 그 옷 주인이 추울 것 같다고 생각한다. 곧 겨울이 다가오기 때문이다. 이런 생각들이 환청을 불렀는지 서북쪽에서 말방울 소리가 들리는 듯하다. 혹시 서북쪽으로 떠난 그 사람이 돌아온 건 아닐까? 문을 열어보지만 깊은 어둠뿐이다. 그 어둠 속으로 송이버섯 냄새가 묻어 온다.

별이라도 한두 개 떠 있다면 좀 위로가 될 텐데, 별도 없이 깜깜한 머루빛 하늘이다. 그래서 이 시의 제목을 '머루밤'이라고 한 게 아닐까. 아무도 없는 집 밖에 가득한 송이버섯 냄새 역시 고요하고 적막한 분위기를 그대로 느끼게 한다. 이런 화자의 감성을 상황 묘사만으로 표현한 이 시는 감성이 절제되어 있어서 더 쓸쓸하고 외롭다.

여승

여승은 합장하고 절을 했다
가지취의 내음새가 났다
쓸쓸한 낯이 옛날같이 늙었다
나는 불경처럼 서러워졌다

평안도의 어느 산 깊은 금점판
나는 파리한 여인에게서 옥수수를 샀다
여인은 나이 어린 딸아이를 때리며 가을밤같이 차게 울었다

섶벌같이 나아간 지아비 기다려 십 년이 갔다
지아비는 돌아오지 않고
어린 딸은 도라지꽃이 좋아 돌무덤으로 갔다

산꿩도 섧게 울은 슬픈 날이 있었다
산절의 마당귀에 여인의 머리오리가 눈물방울과 같이 떨어진
날이 있었다

가지취 식용 산나물의 한 가지

금점판 예전에 주로 수공업적 방식으로 작업하던 금광의 일터

섶벌 꿀을 모으기 위해 주로 나가 다니는 일벌

여인과 여승

이 시를 시간 순서로 배열한다면 '2연 → 3연 → 4연 → 1연'의 순서일 것이다. 평안도 어느 곳에서 파리한 여인이 파는 옥수수를 샀는데, 옥수수를 사면서 그 여인의 사연을 듣게 된다. 그 여인에게는 나이 어린 딸아이가 있었고, 남편은 돈 벌러 집을 나가 10년째 돌아오지 않고 있다. 남편도 아이도 잃은 여인은 속세를 떠나 여승이 되기로 한다. 그리고 우연히도 '나'는 옥수수를 샀던 그 여인을 절에서 만나게 된다.

돌무덤

딸의 죽음을 '도라지꽃이 좋아 돌무덤으로 갔다'라고 표현했다. 도라지꽃은 흰색과 보라색이 있는데, 보라색은 죽음을 의미하는 색으로도 쓰인다. 황순원의 <소나기>에서 죽음을 앞둔 '소녀'가 좋아한 꽃이 보라색이었다.

돌무덤은 어린 딸아이의 무덤이다. 딸아이가 죽자 땅에 매장조차 할 수 없어, 딸아이의 시신을 돌로 쌓아 묻었을 것이다. 가난 때문에 장례도 제대로 치를 수 없는 상황을 '돌무덤'이라는 표현으로 이야기하고 있다.

'같이'와 '처럼'

직유란 비슷한 성질이나 모양을 가진 두 사물을 '같이, 같은, 처럼, 듯이, 양' 등의 말로 직접 연결하는 비유를 뜻한다. 이 시에서는 '쓸쓸한 낯이 옛날같이 늙었다', '나는 불경처럼 서러워졌다', '가을밤같이 차게 울었다', '섶벌같이 나아간 지아비', 그리고 '눈물방울과 같이 떨어진 날이 있었다'의 표현이 이에 해당한다. '눈물방울과 같이 떨어진 날이 있었다'는 직유로 볼 수도 있고 그렇지 않을 수도 있다. 눈물방울과 함께 떨어진 날이라고 보면 직유가 아니지만, 눈물방울처럼 떨어진 날이라고 볼 수도 있다.

산절의 마당귀

여인의 삶은 변방을 떠도는 삶이다. 집을 나간 지아비 없이 혼자 딸아이를 키우며 사는 삶은 무척 힘들었을 것이다. 지아비를 찾아 떠돌다 끝내 어린 딸마저 죽고, 더 이상 버틸 수 없는 여인은 여승이 된다. 여승이 되기 위해 머리를 자르는 곳이 '산절의 마당 귀퉁이'다. 마당귀, 변방을 떠돌던 여인의 모습과 겹쳐 슬픔을 자아낸다.

이 시는 서사성을 지닌 역순행적 구성으로 짜여 있으며, 한 여승의 일생을 서사 구조를 활용하여 압축적으로 표현하고 있다. 이러한 구성을 취한 까닭은 여인이 여승이 된 과정보다는 여승이 된 여인의 모습을 바라보는 시적 화자의 마음을 보여주는 데 초점을 두었기 때문이다. '여승이 된 여인'이라는 서사 구조가 뼈대이지만, 시인이 이야기하고 싶은 것은 그 여승을 바라보는 '나'의 서정, 즉 '서러워졌다'는 시적 화자의 마음이다.

백석 시의 매력 가운데 하나가 서정과 서사의 절묘한 어우러짐이다. 서사 구조에 서정을 살짝 얹혀서 표현하는 게 백석 시의 아름다움이다. 그러나 이 시는 서정을 표현하기 위해 서사 구조를 활용하고 있다. '서러워졌다'는 서정을 이야기하기 위해 서사 구조를 이용한 것이다. 그렇다면 왜 화자는 서러워졌을까?

'나'를 보고 합장한 여승은 처음 보는 여인이 아니다. 이전에 금점판에서 본 여인이다. 사내들이 넘쳐나는 금점판에서 옥수수를 팔던 여인, 딸아이를 때리고 차갑게 울던 여인. 여인은 10년이 지나도 돌아오지 않는 섶벌 같은 지아비를 찾아 딸아이와 함께 금점판을 떠돌며 옥수수를 팔았다. 삶이 얼마나 힘들었을지 짐작할 만하다. 엎친 데 덮친 격으로 딸아이마저 저세상으로 가버린다. '나'는 지아비는 돌아오지 않고 딸아이마저 죽어버린 그 여인의 삶이 서러웠나 보다. 한 번도 삶의 중심에서 살아보지 못한 그 여인이 마당 귀에서 머리를 깎는 것이 그래서 슬프다. 여승이 되기 위해 머리를 깎으면서 떨어지는 눈물 한 방울. 번뇌를 깨치고 득도의 세계를 위해 스님이 되는 것이 아니라 살아남기 위해 스님이 된 그 여인.

참 서럽다. 정말 불경처럼 서럽다. 어떻게 살아야 잘 사는지를 풀어놓은 불경. 그 불경처럼 살아야 하는데 그렇게 살 수 없는 현실. 여승이 된 그 여인을 바라보며 화자가 왜 '불경처럼 서러워졌다'고 했는지 알 것 같다.

그러고 보니 '옛날같이 늙었다'는 직유도 이해가 된다. 그 옛날, 쓸쓸하게 살았던 여인은 여승이 되었어도 여전히 쓸쓸하다는 말이다. 가지취 내음새가 날 만큼 오랜 시간 여승 생활을 했을 텐데도 여전히 남아 있는 쓸쓸함. 그 모습 또한 화자를 서럽게 하는 까닭이다.

<여승>은 직유가 아름다울 뿐 아니라 화자의 서러운 서정을 서사 구조에 실어서 담담하게 풀어간 시다. 1연부터 4연까지 쭉 읽고 나서 다시 1연을 읽어보면 화자의 서러운 서정이 무엇인지 짐작할 수 있다. 언제 어디서나 세상에 밀려 사는 사람들의 삶은 참 서럽다.

수라

거미 새끼 하나 방바닥에 내린 것을 나는 아무 생각 없이 문 밖
으로 쓸어 버린다
차디찬 밤이다

어느 샌가 새끼 거미 쓸려 나간 곳에 큰 거미가 왔다
나는 가슴이 짜릿한다
나는 또 큰 거미를 쓸어 문 밖으로 버리며
찬 밖이라도 새끼 있는 데로 가라고 하며 서러워한다

이렇게 해서 아린 가슴이 삭기도 전이다
어데서 좁쌀알만 한 알에서 갓 깨인 듯한 발이 채 서지도 못한
무척 작은 새끼 거미가 이번엔 큰 거미 없어진 곳으로 와서 아물
거린다
나는 가슴이 메이는 듯하다
내 손에 오르기라도 하라고 나는 손을 내어미나 분명히 울고불
고할 이 작은 것은 나를 무서우이 달아나 버리며 나를 서럽게 한다
나는 이 작은 것을 고이 보드라운 종이에 받아 또 문 밖으로 버

리며

　이것의 엄마와 누나나 형이 가까이 이것의 걱정을 하며 있다가
쉬이 만나기나 했으면 좋으련만 하고 슬퍼한다

아물거린다 작거나 희미한 것이 보일 듯 말 듯하게 조금씩 자꾸 움직인다.

'수라'는 '아수라'를 줄여서 쓴 말이다. 아수라는 '불교에서, 싸움을 일삼는 나쁜 귀신'을 일컫는다. 아수라라는 말은 일상에서 잘 쓰지 않지만, '아수라 장'은 일상에서 흔히 쓰는 말이다. 아수라장은 '이리저리 널브러져 있는 집 기들 사이에서 치고받고 싸우는 싸움판, 그 사이에서 소리 높여 욕하고 싸 우며 부르짖는 그 난장판의 현장'을 뜻한다. 이 시의 제목 '수라'는 이런 아 수라장을 줄여 쓴 말이다.

늦가을이나 초겨울 밤, 화자가 있는 방에 거미가 나타난다. 그 거미를 생각 없이 문 밖으로 쓸어 버렸는데, 조금 후에 또 다른 거미가 나타난다. 그러자 화자는 문득 앞의 거미를 떠올리며 두 거미가 가족이 아닐까 하고 생각한 다. 그래서 뒤에 나타난 거미도 앞의 거미와 같이 있으라고 문 밖으로 쓸어 버린다. 그러면서 가슴 아파한다. 이렇게 가슴 아파하고 있을 때 또 다른 거 미가 나타난다.

이 세 거미의 크기가 각기 다르다. 처음 것이 중간 정도, 두 번째 것이 가장 크고, 마지막 것이 가장 작다. 이 거미들의 크기를 통해 화자는 거미가 나타난 순서대로 '누나나 형 → 엄마 → 새끼'라고 생각한다. 같은 크기였다면 이런 생각을 안 했을 수도 있지만, 서로 다른 크기의 거미였기에 이런 생각을 했을 것이다. 이런 면에서 '크기가 서로 다른 거미'가 시를 이해하는 데 중요한 요소이며, 거미가 나타난 순서 또한 이 시를 이해하는 중요한 요소이다.

가족	🔍

화자가 거미를 밖으로 쓸어내면서 가슴 아파하는 것은 감정의 과잉이라고 할 수도 있다. 그런데도 이러한 화자의 감정이 거슬리지 않는 것은 화자가 거미의 상황을 자기와 동일시하기 때문이다. 거미가 그냥 거미가 아니라 화자 자신의 모습이 투영된 거미여서 서럽고 슬픈 것이다.

이 시를 쓸 당시 시인은 홀로 생활하고 있었다. 가족과 떨어져 있었기 때문에 가족이 그리웠을 것이다. 거미 한 마리를 무심히 밖으로 쓸어 버렸는데 또 다른 거미가 나타난다. 마치 자식을 찾으러 온 어미처럼. 어미 같은 큰 거미를 밖으로 쓸어 버리자 이번에는 엄마 찾는 아기 같은 아주 작은 거미가 나타난다. 화자는 작은 거미도 밖으로 보내주면서 세 거미가 빨리 다시 만날 수 있기를 바라지만, 자신의 의지와 상관없이 가족을 잃은 거미들의 상황을 보며 슬픔을 느낀다.

서러움	🔍

이 시에는 감정을 드러내는 표현이 많이 나온다. 2연의 '짜릿한다', '서러워한다', 3연의 '아린', '가슴이 메이는', '서럽게 한다', '슬퍼한다' 같은 표현이 그렇다. 1연에서는 아무 감정(생각) 없이 행동하다가 2연에서는 짜릿하고 서러워진다. 이런 감정이 3연에서는 아리고 가슴이 메이고 서럽고 슬퍼진다. 감정들이 점차 고조되고 있음을 볼 수 있다. 그래서 시를 읽는 독자들도 화자와 같이 감정이 점차 고조된다.

이 시는◦◦◦◦◦◦

이 시는 방에 들어온 새끼 거미를 버리는 데서 시작된다. 잠시 후 그보다 큰 거미가 다시 방으로 들어온다. 그때 화자는 '아, 이들이 혹시 가족이 아닐까?'라고 생각하며 첫 번째 들어온 거미처럼 밖으로 내보낸다. 그런데 다시 알에서 갓 나온 듯한 새끼거미가 들어오자, 화자는 이때 거미들이 가족임을 확신한다.

참 간단한 이야기다. 거미 세 마리를 밖에 버린 이야기. 시인은 특정 상황에 대한 묘사와 서사를 통해 화자의 정서를 드러내고 독자들이 그것에 공감하게 만든다.

대체적으로 백석의 시는 화자의 정서를 절제하여 표현한다. 상황을 서사적으로 표현하고, 그것만으로 화자(시인)의 마음에 공감하게 한다. 다시 말해서 절제의 미학이라고 볼 수 있는데, 슬픔을 담백하게 표현함으로써 그 슬픔의 깊이를 더하는 것이다. 그러나 이 시는 백석의 다른 시들과는 좀 다르다. 화자의 정서가 감정의 과잉으로 드러난다. 상황이 아니라 화자의 정서가 중심에 놓이는 것이다.

백석의 다른 시들은 대체로 상황을 중심으로 해서 읽어야 제맛이 나는데 이 시는 화자의 정서를 중심으로 읽어야 제맛이 난다. 화자의 정서를 나타내는 표현뿐만 아니라 상황 속에서도 화자의 감정을 읽을 수 있다. 2행의

'차디찬 밤'이라는 표현은 상황 속에 녹아든 화자의 정서 표현으로 볼 수 있다. '차디찬 밤'은 단순히 시간적 배경을 나타내는 말이 아니라, 어둡고 차가운 현실에 대한 화자의 인식과 그러한 상황으로 내몰린 새끼 거미에 대한 연민이 담긴 표현이기 때문이다.

이 시에는 화자의 정서를 드러내는 표현이 여섯 번 나온다. 이 가운데 '서러워한다', '서럽게 한다', '슬퍼한다'는 상황에 대한 화자의 정서이다. 이는 백석의 다른 시에도 자주 드러난다. 상황에 대한 화자의 정서를 담백하게 표현하여 읽는 이들을 그 정서 속으로 빠져들게 한다.

이와 달리 화자의 정서를 직접 드러내는 표현도 있다. '가슴이 짜릿하다', '아린 가슴', '가슴이 메이는 듯하다' 등이다. 짜릿하고 아리고 메이는 가슴. 방 안으로 들어온 거미 세 마리를 문 밖으로 쓸어 버린 것에 대해 가슴이 메이는 듯하다고 표현한 것은 감정의 과잉이라고 할 수도 있다. 그러나 그냥 거미가 아니라, 누나나 형이었던 거미와 엄마였던 거미와 새끼 거미인 한 가족을 헤어지게 한 것이라면 화자의 감정에 공감하게 된다. 의도하지 않았지만 자신의 행위로 인한 결과이다. 그러니 가슴이 짜릿하고 아리고 메이는 듯한 것이다.

거미의 삶만 그랬을까? 가진 것 없고 나라 잃은 사람들의 삶 역시 아수라장 같았을 것이다. 어느 시대이건 가지지 못한 사람들에게 세상은 아수라장처럼 느껴지지 않을까? 그래서 우리도 이 시를 읽으면서 가슴이 짜릿해지고 아리고 메어진다.

통영

구마산의 선창에선 좋아하는 사람이 울며 내리는 배에 올라서
오는 물길이 반날
  갓 나는 고장은 갓 같기도 하다

바람맛도 짭짤한 물맛도 짭짤한

전복에 해삼에 도미 가자미의 생선이 좋고
파래에 아가미에 호루기의 젓갈이 좋고

새벽녘의 거리엔 쾅쾅 북이 울고
밤새껏 바다에선 뿡뿡 배가 울고

자다가도 일어나 바다로 가고 싶은 곳이다

집집이 아이만 한 피도 안 간 대구를 말리는 곳
황아장수 영감이 일본말을 잘도 하는 곳
처녀들은 모두 어장주한테 시집을 가고 싶어 한다는 곳

산 너머로 가는 길 돌각담에 갸웃하는 처녀는 금이라던 이 같고
내가 들은 마산 객줏집의 어린 딸은 난이라는 이 같고

난이라는 이는 명정골에 산다던데
명정골은 산을 넘어 동백나무 푸르른 감로 같은 물이 솟는 명
정샘이 있는 마을인데
샘터엔 오구작작 물을 긷는 처녀며 새악시들 가운데 내가 좋아
하는 그이가 있을 것만 같고
내가 좋아하는 그이는 푸른 가지 붉게붉게 동백꽃 피는 철엔
타관 시집을 갈 것만 같은데
긴 토시 끼고 큰머리 없고 오불고불 넘엣거리로 가는 여인은
평안도서 오신 듯한데 동백꽃 피는 철이 그 언제요

옛 장수 모신 낡은 사당의 돌층계에 주저앉아서 나는 이 저녁
울 듯 울 듯 한산도 바다에 뱃사공이 되어가며
지붕 낮은 집 담 낮은 집 마당만 높은 집에서 열나흘 달을 업고
손방아만 찧는 내 사람을 생각한다

구마산 그 당시 일본인들이 주로 사는 곳은 신마산이고, 이에 비해 조선

사람들이 많이 살고 있는 옛날 마산을 일컫는 말

호루기 주꾸미와 비슷하게 생긴 해산물

황아장수 집집을 찾아다니며 자질구레한 물건을 파는 사람

들은 방이나 집에 거처를 정해 머무는

객줏집 길 가는 나그네들에게 술이나 음식을 팔고 손님을 재우는 영업을

하던 집

명정골 통영에 있는 동네 이름. 명정샘과 충렬사로 유명한 곳

오구작작 여럿이 모여 떠드는 모양

통영   🔍

화자는 구마산에서 반날(한나절) 정도 배를 타고 통영에 간다. 그 당시 통영은 유명한 갓 산지였는데, 배에서 보는 통영의 모습이 갓처럼 보였나 보다. 생선도 좋고 젓갈도 좋은 곳, 통영은 자다가도 일어나 바다로 가고 싶을 만큼 아름다운 곳이었나 보다. 갓 같은 모습을 지닌 통영. 통영 자체도 인상적이지만, 화자가 사랑하는 사람이 그곳에 있기 때문에 더욱 특별한 곳으로 다가왔을 것이다.

난이   🔍

명정골에 사는 객줏집의 어린 딸 난이. 백석의 삶을 살펴보면 이 시의 '난이'는 친구의 결혼식장에서 만나 좋아하게 된 박경련으로 추측된다. 박경련이 통영에 살았기 때문이다. 좋아하는 여인을 만나기 위해 통영까지 배를 타고 가는 길이니 눈에 보이는 모든 것이 새로웠을 것이고, 마음은 설레고 신났을 것이다.

 그 여인이 살고 있는 명정골 396번지, 충무공의 사당에서 가까웠다는 박경련의 집. 그녀를 만나기 위해 충무공 사당의 돌층계에 주저앉아 그녀를 기다린다. 명정샘에서 물을 긷는 처녀며 새악시들 가운데 그녀가 있을 것만 같지만, 백석은 끝내 난이를 만나지 못하고 돌아왔다고 한다. 결국 시간이 지나 백석이 좋아했던 박경련은 백석의 친구인 신현중과 결혼하게 되고 둘의 사랑은 이루어지지 않는다.

옛 장수 모신 낡은 사당   🔍

'옛 장수 모신 낡은 사당'은 이순신 장군의 위패를 모신 충렬사를 말한다. 화자는 그곳 돌층계에 주저앉아 있다. 만나고 싶었던 사람을 만나지 못하고 주저앉아서 명정샘에서 물을 긷는 여인네들 가운데 화자가 만나고 싶은 여인이 있지 않을까 상상하고 있다. 오구작작, 그러니까 물을 길으며 떠드는 여인들을 보면서 충렬사 돌층계에 축 처진 모습으로 앉아 그 여인을 생각하고 있는 것이다.

실제로 현재 통영에는 충렬사 왼쪽에 빨래터가 있고, 오른쪽으로는 박경련이 살았던 집이 남아 있다.

한산도 바다에 뱃사공	🔍

'한산도 바다에 뱃사공'은 화자의 처지를 드러내는 말이다. 사랑하는 사람을 만나지 못한 아쉬움과 허전함으로 그는 이순신 장군을 모신 충렬사 돌층계에 주저앉아 있다. 해는 져가고 울 듯 울 듯한 모습으로 열나흘 달을 보며 서러워한다. 이처럼 사랑하는 사람을 생각하며 떠도는 자신의 처지가 마치 '한산도 바다에 뱃사공' 같다고 비유적으로 표현한 것이다.

백석은 '통영'이라는 제목의 시를 세 편 썼다. 첫 번째 <통영>은 1935년 12월 《조광》에 발표한 것을 시집 《사슴》에 재수록한 작품으로, 낡은 항구로 비친 통영의 모습을 그리고 있다. 두 번째 <통영>은 1936년 1월 23일자 조선일보에 실린 이 시다. 세 번째 <통영>은 1936년 3월 6일자 조선일보에 실린 연작시 <남행시초> 가운데 두 번째 작품으로, 새로운 풍물을 보고 신기해하는 모습이 잘 드러난다.

평안도에서 나고 자란 그가 왜 통영에 관한 시를 세 편이나 썼을까? 그에게 통영은 어떤 곳이었을까?

이 시는 구마산에서 통영으로 가는 뱃길에서 시작된다. 배 위에서 보는 모습이 갓 같기도 한 통영은 생선과 젓갈이 유명하고, 새벽녘에는 쾅쾅 북소리가 들리고, 밤새 뽕뽕 뱃고동 소리가 들리는 곳이다. 집집마다 크고 싱싱한 대구가 널려 있고, 어장주한테 시집을 가고 싶어 하는 여인네가 많은 곳이기도 하다. 화자는 자다가도 일어나 바다로 가고 싶다고 한다. 여기까지의 시는 싱싱하고 흥겹다. '쾅쾅'과 '뽕뽕'이라는 의성어는 이 싱싱하고 흥겨운 곳을 더욱 역동적이게 한다.

그러다 이곳에 산다는 금이와 난이 이야기를 하면서 시는 차분해진다. 화자는 명정골의 명정샘에 모여 물도 긷고 빨래도 하며 떠들어대는 여인들 속에 어쩌면 자기가 좋아하는 난이가 있을 것 같다는 생각을 한다. 동백꽃이 피면 난이와 결혼하고 싶다는 소망도 이야기한다. 넘엣거리로 가는 여인은 평안도에서 시집을 온 사람 같아 보인다. 평안도에서 시집을 온 사람도 있으니, 평안도로 시집을 갈 사람도 있을 것이다. 그러나 이 모든 것은 상상일 뿐이다.

화자는 옛 장수를 모신 낡은 사당의 돌층계에 주저앉아 있다. 난이를 만나지 못했나 보다. 그래서 한산도 바다를 떠도는 뱃사공처럼 정처 없다. 열나흘 달을 보며 그녀를 생각만 할 뿐이다. 그런 그녀는 열나흘 달을 업고 손절구에 무엇인가를 찧고 있다. '달을 업고'라는 표현이 참 재미있다. 화자는 달을 바라보며 만나지 못한 허전함을 달래고 있는데, 그녀는 달을 업고 있다. 달을 업고 있다는 것은 달을 등지고 있다는 말이다. 집 안만 바라보는 그녀와 저 먼 바다를 바라보는 화자의 엇갈린 시선이 안타깝다.

기쁜 마음으로 통영에 와서 난이라는 이를 만나고 싶었으나 만나지 못한 화자의 허전함. 시의 처음에 보였던 흥겨움은 이렇게 안타깝고 쓸쓸하게 마무리된다.

북관 – 함주시초 1

명태창난젓에 고추무거리에 막칼질한 무를 비벼 익힌 것을
이 투박한 북관을 한없이 끼밀고 있노라면
쓸쓸하니 무릎은 꿇어진다

시큼한 배척한 퀴퀴한 이 내음새 속에
나는 가느슥히 여진의 살내음새를 맡는다

얼근한 비릿한 구릿한 이 맛 속에선
까마득히 신라 백성의 향수도 맛본다

끼밀고 물건을 끼고 앉아 자세히 보고

배척한 '배리착지근하다'의 변형인 듯. 조금 비린 맛이나 냄새가 나는 듯한

가느슥히 가느스름하게

82

북관   🔍

이 시는 '함주시초'라는 부제가 붙은 다섯 편의 시(북관, 노루, 고사, 선우사, 산곡) 가운데 맨 처음 작품이다. 함주는 함경남도 함주군으로, 함흥의 옛 이름이다. '함주시초'는 함주를 여행하며 느낀 점을 쓴 시들인데, 백석이 1년 7개월간 시를 쓰지 않다가 1937년 10월 《조광》에 이 다섯 편의 시를 발표한다. 백석이 함흥 영생고보에서 영어 교사로 근무할 때 쓴 시들이다. 이 시의 제목인 '북관'은 함경남북도를 일컫는 별칭이다. 함경도의 투박한 힘을 느끼게 하는 시다.

명태창난젓에 고추무거리에 막칼질한 무를 비벼 익힌 것   🔍

이 시의 소재는 명태창난젓에 고춧가루와 막 썬 무를 넣고 삭힌 음식이다. 좀 투박한 느낌이 드는 이 음식을 화자는 북관이라 칭한다. 화자가 이 음식을 보고 북관의 투박한 삶을 떠올렸기 때문이다. 화자는 이 음식을 먹어왔던 북관 사람들의 삶을 떠올리며 경건함을 느낀다. 그뿐만 아니라 이곳에서 살았던 여진족과 신라 백성을 떠올리기도 한다. 명태창난젓에 고춧가루와

막 썬 무를 넣고 삭힌 이 투박한 음식을 통해 북관의 가난, 역사, 삶을 떠올린다.

여진과 신라 백성   Q

화자는 투박하고 시큼하고 배척하고 퀴퀴하고 얼근하고 비릿하고 구릿한 북관의 음식을 먹고 북관에서 살았던 사람들을 떠올린다. 이 음식의 냄새와 맛 속에는 가느슥하고 까마득히 먼 옛날의 여진 사람들과 신라 백성의 삶이 담겨 있음을 깨닫게 된다. 냄새와 맛을 통해 공동체의 오랜 역사를 떠올린 것이다.

함흥은 삼국시대에는 고구려 땅이었다가 신라 진흥왕 때 신라의 영토가 되었다. 함흥의 진흥왕비가 이를 뒷받침한다. 그 뒤 발해 땅이었다가 발해가 망하고 나서는 여진족의 거주지가 되어 고려 때까지 여진족이 살았다. 그러니 이곳의 음식에는 신라와 여진 사람들뿐 아니라 그 이전 사람들의 삶도 녹아 있는 것이다.

| 냄새와 맛 | 🔍 |

이 시는 명태창난젓과 고추무거리에 막칼질한 무를 비벼 익힌 음식을 투박한 북관의 음식이라 말하고 있다. 이 음식은 '창난젓 섞박지' 같은 것으로 보이는데, 시큼하고 배척하고 퀴퀴한 냄새와 함께 얼근하고 비릿하고 구릿한 맛이 난다고 했다. 표현으로만 보자면 냄새도 맛도 별로일 것 같다. 얼근한 맛은 고추무거리에서 나오는 것일 테고, 나머지는 명태창난젓의 맛과 냄새를 표현한 것으로 보인다. 투박하기도 하지만 분명 강렬한 맛과 냄새가 나는 음식인 듯하다. 그런 만큼 그 지역을 떠올리게 하는 대표성을 지니게 된 것이 아닐까. 이 시를 읽다 보면 나도 모르는 사이에 이 음식의 냄새와 맛을 느끼게 된다.

음식을 먹으며 옛 추억에 잠겨본 적이 있는가? 혹은 먼 곳으로 여행을 갔을 때, 그곳에서 만난 새로운 음식을 먹으며 생각에 잠겨본 적이 있는가? 음식의 맛에 대한 단순한 평가가 아니라, 그 음식을 입에 넣었을 때 여러 가지 생각이 들게 하는 음식, 그런 음식을 만나게 된다면 행복하지 않을까. 몇 년 전에 친구와 함께 먹어봤던 맛이야, 어렸을 때 엄마가 해줬던 맛이야, 이성 친구와 함께 설레어하며 먹었던 맛이야 등등. 이처럼 음식 속에서 여러 감정과 추억과 이야기와 삶을 떠올리게 하는 그런 맛이 있다. 이 시는 음식을 통해 북관이라 불리던 척박한 땅, 함경도의 삶을 이야기하고 있다.

화자는 북관의 음식을 먹으며 생각에 잠긴다. 투박한 이 음식을 먹어왔던 북관에 살던 사람들을 떠올리며 경건해진다. 그래서 무릎을 꿇는다. 이어 아주 오래전 이곳에 살았을 여진 사람과 신라 사람들도 떠올린다. 북적거리며 살았을 여진인의 살냄새를, 경주에서 아주 먼 이곳까지 온 신라인들이 이 음식을 먹으며 떠올렸을 향수를 화자는 기억해 낸다.

이 시는 명태창난젓에 고추무거리를 막칼질한 무를 비벼 익힌 음식을 미각과 촉각을 잘 버무려 이야기하고 있다. 2연의 후각적 표현과 3연의 미각적 표현은 이 음식을 전혀 알지 못하는 우리에게 이 음식의 냄새와 맛을 느끼게 한다.

음식은 우리 추억 속에 강하게 남는 경우가 많다. 할머니들이 보리밥을 좋아하는 것은 그 맛 때문이기도 하겠지만, 그것을 먹던 시절의 기억 때문이기도 할 것이다. 명태창난젓에 고추무거리를 막칼질한 무에 비벼 익힌 이 음식을 우리는 시를 통해 먹는다. 그러면서 시인과 함께 북관의 역사와 사람들을 떠올린다. 음식은 이렇게 사람들의 삶을 기억하게 한다. 음식은 그런 것이다.

선우사 — 함주시초 4

낡은 나조반에 흰밥도 가자미도 나도 나와 앉아서
쓸쓸한 저녁을 맞는다

흰밥과 가자미와 나는
우리들은 그 무슨 이야기라도 다 할 것 같다
우리들은 서로 미덥고 정답고 그리고 서로 좋구나

우리들은 맑은 물밑 해정한 모래톱에서 하고많은 날을 모래알
만 헤이며 잔뼈가 굵은 탓이다
바람 좋은 한 벌판에서 물닭이 소리를 들으며 단이슬 먹고 나
이 들은 탓이다
외딴 산골에서 소리개 소리 배우며 다람쥐 동무하고 자라난 탓
이다

우리들은 모두 욕심이 없어 희어졌다
착하디착해서 세괏은 가시 하나 손아귀 하나 없다
너무나 정갈해서 이렇게 파리했다

우리들은 가난해도 서럽지 않다
우리들은 외로워할 까닭도 없다
그리고 누구 하나 부럽지도 않다

흰밥과 가자미와 나는
우리들이 같이 있으면
세상 같은 건 밖에 나도 좋을 것 같다

나조반 나좃대를 받쳐놓는 조그마한 쟁반
해정한 깨끗하고 단정한
세괏은 억세고 날카로운

선우사 🔍

이 시의 제목인 '선우사(膳友辭)'에서 '선'은 반찬, '우'는 친구, '사'는 글이라는 뜻이다. 즉 반찬 친구의 글, 음식 친구에게 보내는 글이라고 할 수 있다. 반찬을 친구로 의인화한 것이다. 화자에게는 반찬이 각별하고 가까운 대상처럼 느껴진다. 여기에서 화자가 의인화한 친구는 낡은 나조반에 올라온 흰밥과 가자미다.

우리들 🔍

시에서 '흰밥, 가자미, 나'를 합하여 '우리들'이라 지칭한다. 맑고 깨끗한 물과 모래톱에서 모래알이나 헤면서 욕심 없이 산 가자미, 벌판에서 좋은 바람 맞으며 깨끗한 이슬 먹고 자란 쌀로 지은 흰밥, 외딴 산골에서 솔개 소리 들으며 다람쥐하고 동무하면서 자란 '나'. 맑고 깨끗한 곳에서 욕심 없이 소박하게 살아온 이 셋을 '우리들'이라 하며, '우리들'만 같이 있으면 세상이 뭐라 해도 상관없다고 말하고 있다.

흰색

화자인 '나'는 흰밥에 하얀색의 가자미를 먹는다. 하얀 음식들을 먹으며 화자는 생각한다. 흰밥도 가자미도 나도 욕심이 없어 희어졌다고. 그래서 셋 모두 억센 가시나 드센 손아귀도 없다. 여기서 '흰색'은 맑고 깨끗하며 욕심이 없는 모습을 나타낸다고 할 수 있다.

세상 같은 건 밖에 나도 좋을 것 같다

'흰밥, 가자미, 나'. 이렇게 우리들만 있으면 그 무엇도 무섭지 않고 두렵지 않다고 말한다. 낡고 쓸쓸한 밥상, 흰밥에 가자미밖에 없는 가난한 밥상이지만 그래도 화자는 좋아하는 흰밥에 가자미만 있다면 부러울 게 없는 모양이다. 이 시의 마지막 행은 이처럼 욕심 없이 착하고 정갈하게 살고 싶은 '나'의 마음과 '나'가 추구하는 세상을 표현한 것이다.

읽으면 읽을수록 살포시 웃게 되는 시. 이 시도 앞의 <북관>처럼 음식에 관한 시다. 백석은 음식에 관한 시를 많이 썼다. 음식은 우리의 삶과 가장 직접적으로 연결되어 있고, 가장 원초적인 즐거움을 느낄 수 있는 소재이다. 맛있는 음식을 먹을 때만큼 즐거운 일이 또 없으니까.

그런데 이 시를 읽어보면 좀 쓸쓸한 느낌이 든다. 낡은 쟁반에 쓸쓸한 저녁을 먹기 때문이다. 초라하고 외로운 저녁임에도 불구하고 가난해도 서럽지 않고 외로워할 까닭도 없다고 말한다. 흰밥과 가자미만 있으면 그 누구도 부럽지 않고 세상 같은 건 밖에 나도 좋다고 말하지만, 오히려 이 말들이 역설적으로 더 처량하고 쓸쓸하게 느껴진다.

그래도 이 시는 따뜻하다. 비록 흰밥에 가자미뿐이지만 그것들은 무슨 이야기라도 나눌 수 있는 미더운 친구이기 때문이다. '우리들'이 미덥고 정답고 좋은 친구가 될 수 있었던 이유가 있다. 가자미는 맑은 물에서 자랐다. 흰밥은 좋은 바람을 쐬고, 좋은 소리만 듣고, 단이슬만 먹고 자랐다. 화자인 '나'는 외딴 산골에서 솔개 소리 듣고, 다람쥐하고 동무하며 욕심 없이 자랐다. 이런 '우리들'은 욕심 없이 살아서 하얗고, 착하디착해서 하얗다. '우리들'은 하얗고 정갈하고 욕심이 없는 존재들이므로 미덥고 정다운 친구가 될 수 있었던 것이다. 그러니 조금 가난하다 한들, 조금 외롭다 한들, 세상이 뭐라 한들 슬프겠는가.

　이 시를 읽다 보면 옛날 어른들의 말이 떠오른다. 흰 쌀밥에 고깃국 한 그
릇이면 더없이 행복하다고. 시인도 그런 마음이었나 보다. 흰 쌀밥 한 그릇
에 가자미 한 마리만 있으면 더 바랄 것이 없었는지도 모른다. 더 많은 음식
을 탐하는 것은 욕심이라고 생각했는지 모른다. 이 정도면 가난해도 서럽지
않고, 외로워할 까닭도 없고, 그 누구를 부러워할 필요도 없다. 그 이상은 욕
심이라는 생각을 했나 보다. 그래서 이 시는 참 맑다.

바다

바닷가에 왔더니
바다와 같이 당신이 생각만 나는구려
바다와 같이 당신을 사랑하고만 싶구려

구붓하고 모래톱을 오르면
당신이 앞선 것만 같구려
당신이 뒤선 것만 같구려

그리고 지중지중 물가를 거닐면
당신이 이야기를 하는 것만 같구려
당신이 이야기를 끊은 것만 같구려

바닷가는
개지꽃에 개지 아니 나오고
고기비늘에 하이얀 햇볕만 쇠리쇠리하여
어쩐지 쓸쓸만 하구려 섧기만 하구려

구붓하고 약간 몸을 구부리고

지중지중 곧장 나아가지 않고 한자리에서 지체하는 모양

쇠리쇠리하여 눈이 부시어

사람들 대부분은 좋은 곳에 가게 되면 사랑하는 사람을 떠올린다. 이 시 또한 그렇다. 바닷가에 오니 생각나는 사람, 바다와 같이 생각나는 사람, 바다와 같이 사랑하고 싶은 사람이라고 했으니 '당신'은 화자인 '나'가 사랑하는 사람이다.

이 시는 백석 시 가운데 편하게 읽히는 작품 중 하나이다. 시어도 쉬운 편이고, 내용도 어렵지 않다. 바닷가에 왔는데 사랑하는 사람은 곁에 없다. 그래서 '당신'이 많이 생각난다. 혼자 왔지만 같이 있는 듯하다. 이런 마음을 대구를 통해 표현한 것이 이 시의 매력이다. 곁에 없는 '당신'을 생각하며 사랑하는 마음을 표현한 이 시는 1~3연의 2, 3행이 서로 대구를 이루며 '당신'을 사랑하는 마음을 강조하고 있다. 리듬감 있게 읽히는 대구와 더불어 바닷가의 분위기를 더욱 생동감 있게 해주는 '지중지중', '쇠리쇠리' 같은 표현도 이 시의 매력이라 할 수 있다.

개지꽃에 대한 해석은 버들가지, 강아지꽃, 메꽃, 나팔꽃 등 다양하다. 그러나 대체로 '나팔꽃'의 평안북도 방언으로 보는 것이 일반적이다. '개지꽃에 개지 아니 나오고'는 '나팔꽃이 아직 피지 않았다' 정도로 해석하면 좋을 듯하다. 꽃이 아직 피지 않고, 죽은 생선에서 떨어진 비늘만 햇볕에 반짝이는 바닷가의 모습을 묘사하고 있다.

화자는 바다를 보며 쓸쓸해하고 서러워한다. 왜일까? 바닷가 개지꽃은 아직 피지 않았고, 고기가 죽어 떨어져 나간 고기비늘에 햇볕만 비치고, 사랑하는 '당신'이 함께 있지 않으니 바다를 보며 쓸쓸하고 서러운 생각이 드는 것이다.

백석의 시는 대체로 어린 시절의 경험을 회상하며 쓴 시, 이곳저곳을 여행하며 쓴 시, 사랑하는 사람을 노래한 시 등이 있다. 이 시는 <나와 나타샤와 흰 당나귀>와 더불어 백석의 대표적인 사랑시라고 할 수 있다.

'나'는 어떤 이유로 바닷가에 왔다. 그 이유는 나타나지 않는다. 그것은 중요하지 않기 때문이다. 중요한 것은 바다에 오니 당신이 생각난다는 사실이다. 바다와 같이 한없이 당신 생각이 나고, 바다와 같이 끝없이 당신을 사랑하고 싶다. 그래서 혼자 바닷가를 걷고 있어도 당신이 옆에서 같이 걷고 있는 것 같고, 파도 소리는 마치 당신의 이야기 소리 같기만 하다. 그러나 바닷가에는 당신이 없다. 고기비늘에 비친 햇살만 눈부시다. 이 눈부신 햇살이 오히려 쓸쓸하고 서럽기만 하다.

사랑하는 당신이 생각난다는 아주 단순한 이야기를 대구를 통해 표현한 것이 이 시의 매력이다. 각 연의 마지막 2행(4연은 마지막 4행을 2행으로 나누어 보면 대구가 된다.)을 대구로 하여 가락을 만든다. 그리고 이 2행의 끝을 '-구려'라는 각운을 활용하여 또 다른 리듬감을 형성한다. 이 대구와 각운이 이 시를 격조 있게 만든다. 거기에 '지중지중'과 '쇠리쇠리'라는 시어는 바다의 싱그러움을 잘 표현해 준다. '지중지중'은 걸음을 멈추었다가 다시 방향 없이 걷는 느낌을 주어 사랑하는 사람을 한없이 생각하며 걷는 모습을 떠올리게 한다. '쇠리쇠리하다'는 '눈부시다'의 평안북도 사투리인데, 사랑하는 사람은 없는데 눈부신 햇살만 가득한 모습이 '쇠리쇠리'와 더 잘 어울리는 것 같다.

시를 시인의 삶과 연관 지어 읽으면 더 재미있다. 특히 사랑을 노래한 시는 더 그렇다. 백석이 사랑했던 '박경련'이라는 여인이 살던 곳이 통영 바닷가다. 그렇다면 '나'가 왜 바닷가에서 쓸쓸하고 서러운지 짐작할 수 있다. '당신'이 누구인지도.

산중음

산숙

여인숙이라도 국숫집이다
메밀가루 포대가 그득하니 쌓인 윗간은 들믄들믄 더웁기도 하다
나는 낡은 국수분틀과 가지런히 나가 누워서
구석에 데굴데굴하는 목침들을 베어보며
이 산골에 들어와서 이 목침들에 새까마니 때를 올리고 간 사
람들을 생각한다
그 사람들의 얼굴과 생업과 마음들을 생각해 본다

향악

초승달이 귀신불같이 무서운 산골 거리에선
처마 끝에 종이등의 불을 밝히고
쩌락쩌락 떡을 친다
감자떡이다

이젠 캄캄한 밤과 개울물 소리만이다

야반

토방에 승냥이 같은 강아지가 앉은 집
부엌으론 무럭무럭 하이얀 김이 난다
자정도 훨씬 지났는데
닭을 잡고 메밀국수를 누른다고 한다
어느 산 옆에선 캥캥 여우가 운다

백화

산골집은 대들보도 기둥도 문살도 자작나무다
밤이면 캥캥 여우가 우는 산도 자작나무다
그 맛있는 메밀국수를 삶는 장작도 자작나무다

그리고 감로같이 단 샘이 솟는 박우물도 자작나무다
산 너머는 평안도 땅도 보인다는 이 산골은 온통 자작나무다

들믄들믄 더운 느낌을 나타내는 말

박우물 바가지로 물을 뜨는 얕은 우물

감로 천하가 태평할 때 하늘에서 내린다고 하는 단 이슬

산중음

'산중음'이라는 큰 제목 아래 '산숙', '향악', '야반', '백화'라는 4편의 시가 달려 있다. 이런 시를 '연작시'라고 한다. 연작시란 '하나의 주제 아래 서로 다른 제목과 형식으로 여러 편을 이어 쓴 시'를 일컫는다. '산중음(山中吟)'은 '산속에서 읊다'라는 뜻으로, 이 시들은 산속을 여행하며 보고 느낀 점을 쓴 것이다.

산숙, 향악, 야반, 백화

'산숙'은 '산속의 여인숙'이라는 뜻이다. 국숫집과 여인숙을 함께 하는 곳에서 하룻밤을 머물며 자신보다 먼저 이곳에서 머물고 떠난 사람들을 떠올리는 시다.

'향악'은 '잔치를 알리는 음악'이라는 뜻이다. 초승달이 뜬 산골 거리에 잔치가 벌어진 모습을 그리고 있다. 처마 끝에 종이등을 밝히고 감자떡을 만들기 위해 떡을 치는 산골의 흥겨운 잔치가 끝나자 아주 고요한 산골의 모습으로 돌아오는 모습을 대조적으로 보여주고 있다.

'야반'은 '한밤중'이라는 뜻인데, 산간 지역 사람들의 전형적인 생활 모습을 보여주고 있는 시다. 한밤중에 승냥이 같은 강아지가 앉아 있고, 부엌에선 메밀국수를 만들고, 멀리 여우 우는 소리가 들리는 깊은 산골의 모습을 표현하고 있다.

　'백화'는 '자작나무'이다. 그래서인지 각 행 마지막이 모두 '자작나무다'로 끝나며 운율감도 느껴진다. 나무껍질이 백색인 자작나무가 온 산을 둘러싸고 있는 산골에서 시적 화자는 신비로움을 느끼고 있다.

산골	🔍

　'산숙', '향악', '야반', '백화' 모두 함경도 깊은 산골의 정경과 삶을 묘사하고 있다. 국숫집이며 여인숙이 있는 산골(산숙), 잔치가 끝나면 캄캄한 밤과 개울물 소리만 들리는 산골(향악), 토방에 승냥이 같은 강아지가 앉아 있는 산골(야반), 산골집도 산도 장작도 박우물도 온통 자작나무인 산골(백화)에 대해 쓴 시를 모아 '산중음'이라는 제목을 달았다. 깊은 산골에서 삶을 꾸려가는 사람들의 모습을 보여주고 있다.

쩌락쩌락 🔍

이 연작시에는 의성어와 의태어가 많이 쓰였다. '들문들문, 데굴데굴, 쩌락쩌락, 무럭무럭, 캥캥' 같은 의성어와 의태어는 산골의 풍경을 풍부한 감각으로 살려내는 역할을 하고 있다. '들문들문'은 더운 느낌을, '데굴데굴'은 큰 물건이 계속 구르는 모양을, '쩌락쩌락'은 떡을 치는 소리를, '무럭무럭'은 연기나 냄새, 김 따위가 계속 피어오르는 모양을, '캥캥'은 여우가 우는 소리를 나타내는 말이다. 그래서 시를 읽다 보면 산골의 모습을 직접 눈으로 보고 귀로 듣는 듯한 느낌이 든다.

'나'는 여행 중에 국숫집을 함께 운영하는 여인숙에 묵게 된다. 메밀가루 포대가 가득 쌓인 방은 국수 삶는 열기로 후덥지근하다. 한쪽 구석에 놓인 목침을 베고 국수틀 옆에 가지런히 누워본다. 그러면서 '나'처럼 이 산골 여인숙에 묵으며 목침을 베고 누웠던 사람들을 상상해 본다. 그들은 어떤 이유로 여기에 묵게 되었을까? 그 사람들의 얼굴과 생업과 마음을 생각해 본다. <산숙>은 목침이라고 하는 평범한 소재를 통해 여인숙을 다녀간 사람들의 삶과 마음을 떠올린다. 백석 시에서 주로 다루는 가족공동체보다 더 큰 공동체를 떠올린다는 측면에서 새롭다.

어쨌든 '나'는 저녁을 먹고 밖으로 나간다. 저녁은 당연히 국수였을 것이다. 아주 산골이어서 초승달이 귀신불같이 무섭다. 이 산골거리의 풍경이 <향악>의 시작이다. 불빛 하나 없는 산골 거리. 그런데 어느 집에서 처마 끝에 종이 등을 밝히고 떡을 친다. 그런데 그 떡이 감자떡이다. 쌀로 해야 할 떡을 감자로 한다. 감자는 찰기가 없다. 그래서 떡메로 계속 쳐야 끈기가 생긴다. 쌀이 아닌 감자로 만든 떡. 이 산골의 가난함을 감자떡이라는 소재로 시인은 매끈하게 표현한다. 긴 시간 동안 울렸던 소리도 멈춘다. 일을 다 했으니 처마 끝 종이등도 꺼졌으리라. 소리도 빛도 없는 거리에 개울물 소리만이 그득하다. 이처럼 청각을 통한 표현이 이 시의 매력이다.

한밤중, 어느 집이 깨어 있다. 여기가 바로 <야반>의 시작이다. 크고 무서운 개가 있는 집. 가축을 잡아먹는 승냥이같이 생겼으니 크고 무서울 게다. 이 집은 자정이 넘었는데도 깨어 있다. 계절적 배경은 겨울일 게다. 춥고 밤이 긴 겨울, 출출한 배를 채우려고 메밀국수를 한다. 이 메밀국수의 육수를 내기 위해 닭도 잡는다. 산에서는 여우가 캥캥 운다. 자정도 훨씬 넘은 시간, 허기를 때우려고 메밀국수를 준비하는 모습이 정겹다.

　아침에 일어나 산골을 보니 모든 것이 다 자작나무다. <백화>의 시작이다. 이 산골 집의 나무들도, 산속 나무들도, 메밀국수를 삶는 장작도, 물맛이 좋은 우물도, 이 산골 모두가 온통 자작나무다.

　어쩌면 네 편의 시의 시간적 배경은 다 다를 수도 있다. 그렇지만 이 네 편의 시를 1박 2일의 여정으로 읽을 수도 있을 것 같다. 늦은 오후 산골의 어느 여인숙에 들어갔다가, 늦은 저녁 잔치 음식을 준비하는 집을 보고, 자정이 넘은 시간에 야식을 먹는 집을 보고, 잠에서 깨어 자작나무뿐인 이 산골에서 느낀 경외감으로 마무리한 여정으로 말이다. 그러면 연작시라는 느낌도 더 살고, 하룻밤 어느 산골을 여행하고 온 느낌이 들지 않을까.

나와 나타샤와 흰 당나귀

가난한 내가
아름다운 나타샤를 사랑해서
오늘 밤은 푹푹 눈이 내린다

나타샤를 사랑은 하고
눈은 푹푹 내리고
나는 혼자 쓸쓸히 앉아 소주를 마신다
소주를 마시며 생각한다
나타샤와 나는
눈이 푹푹 쌓이는 밤 흰 당나귀 타고
산골로 가자 출출이 우는 깊은 산골로 가 마가리에 살자

눈은 푹푹 내리고
나는 나타샤를 생각하고
나타샤가 아니 올 리 없다
언제 벌써 내 속에 고조곤히 와 이야기한다
산골로 가는 것은 세상한테 지는 것이 아니다

세상 같은 건 더러워 버리는 것이다

눈은 푹푹 내리고
아름다운 나타샤는 나를 사랑하고
어데서 흰 당나귀도 오늘 밤이 좋아서 응앙응앙 울을 것이다

출출이 뱁새

마가리 오막살이(허술하고 초라한 작은 집에서 살아가는 일)

고조곤히 고요히

109

'나타샤'는 누구일까? 이름처럼 러시아 사람일까, 아니면 나타샤라는 애칭으로 불리던 조선의 여인일까? 한 가지 분명한 건, 나타샤는 아름다운 여인이고 '나'가 사랑하는 사람이라는 점이다.

'나는 혼자 쓸쓸히 앉아 소주를 마신다'고 했으니 나타샤는 지금 화자 곁에 없다. 아마 나타샤가 오기로 했는데 밖에 눈이 많이 와서 못 오고 있는 것 같다. 그래서 '나'는 소주를 마시면서 나타샤가 오기를 기다리고 있는 것이다. '나'는 눈 내리는 밤에 나타샤와의 사랑, 그리고 그녀와 함께할 미래를 생각하고 있다.

나타샤는 러시아 여인의 대표적인 이름이다. 러시아는 춥고 눈이 많이 내리는 곳이다. 지금 눈이 내리고 있고, '나'는 나타샤를 기다리고 있다. 어디선가 당나귀 울음소리가 들리는데, 밖에 눈이 내리고 있으니 그 눈을 맞은 당나귀는 흰 당나귀가 되었을 것이다. 그렇다면 '눈, 나타샤, 흰 당나귀'는 '하얀 이미지'라는 공통점이 있다. 순수하고 깨끗한 화자의 사랑을 표현한 것이라고 할 수 있다.

마가리	🔍

마가리는 평안도 사투리로 '오막살이'를 뜻한다. 이 시에서는 마가리집(오두막처럼 비바람 정도만 막을 수 있도록 간단하게 꾸린 집)을 가리키는 말로 쓰였다. 화자는 깊은 산골로 가서 마가리에 살자고 한다. 왜?

1연에서 '가난한 내가 아름다운 나타샤를 사랑한다'고 이야기한다. 가난한 '나'가 아름다운 나타샤를 사랑하는 데 많은 제약이 있었을 것이다. 돈이 없으니 연애하기도 어려웠을 테고, '나' 말고도 아름다운 나타샤를 좋아하는 사람들이 많았을 테고, '나'와 나타샤와의 사랑을 반대하는 사람도 많았을 것이다. 그럼에도 불구하고 사랑을 이루기 위해서 둘만의 공간으로 떠나려고 하는 것이다.

우리는 눈이 오면 사랑하는 사람을 떠올리곤 한다. 그런데 이 시에서는 '나'가 나타샤를 사랑해서 눈이 내린다고 했다. 눈이 와서 나타샤를 떠올린 게 아니라, '나'의 사랑이 눈을 내리게 한 것이라는 발상이다. 마치 세상이 '나'와 나타샤 중심으로 돌아간다고 느끼는 듯하다. 그래서 '가난한 내가 / 아름다운 나타샤를 사랑해서 / 오늘 밤은 푹푹 눈이 내린다'는 표현은 인과관계가 잘못된 발상이라고 지적하겠지만, 다시 생각해 보면 모든 사랑이 그렇지 않을까? 세상이 연인 사이인 우리 두 사람을 중심으로 돌아간다는 생각 말이다.

그런데 화자는 쓸쓸하고 슬퍼 보인다. 가난한 내가 아름다운 나타샤를 제대로 사랑할 수가 없기 때문에 눈 내리는 밤 홀로 소주를 마시면서 나타샤를 생각한다. '나'가 나타샤를 사랑하는 것을 두고 쑤군대는 사람들이 많나 보다. 그래서 화자는 사람들의 말이 없는 깊은 산골 오두막에서 나타샤와 사랑하며 오순도순 살고 싶어 한다. '나'는 나타샤도 '산골로 가는 것은 세상한테 지는 것이 아니니까, 이렇게 말 많은 세상 같은 것은 더러우니까 버리고 산골로 가자'고 말해주리라 믿는다. 우리의 아름다운 사랑을 눈을 맞아 하얗게 된 당나귀도 축복해 줄 것이라 믿는다.

'나타샤'에 대해서는 여러 해석이 존재한다. <통영>에 살았던 '박경련', 함경도로 와서 만나게 된 기생 '자야', 이 시를 가지고 있던 소설가 '최정

희'라고도 한다. 또 어떤 사람은 당시 백석이 러시아 소설을 번역하고 있었
는데, 그 소설 중에 한 사람을 상상하여 부른 이름이라고 해석하기도 한다.
그러나 셋 중 한 사람이든, 혹은 실재하지 않는 인물이든 한 가지 분명한 사
실은 '나타샤'는 '나'가 사랑하는 아름다운 사람이고, 아름다운 나타샤는
'나'를 사랑한다는 것이다.

　예나 지금이나 가난하면 사랑하기도 힘들다. 가난 때문에 사랑을 놓아야
할 때가 있다. 이 시의 '나'도 가난하지만, 가난 때문에 사랑을 놓기보다는
어느 깊은 산골에 들어가 사랑하는 사람과 사랑하며 살고 싶어 한다. 그래
서 흰 당나귀를 타고 깊은 산골에 들어가면 흰 당나귀도 잘했다고 응앙응앙
울며 '나'를 격려하리라 여긴다.

고향

나는 북관에 혼자 앓아누워서
어느 아침 의원을 뵈이었다
의원은 여래 같은 상을 하고 관공의 수염을 드리워서
먼 옛적 어느 나라 신선 같은데
새끼손톱 길게 돋은 손을 내어
묵묵하니 한참 맥을 짚더니
문득 물어 고향이 어데냐 한다
평안도 정주라는 곳이라 하니
그러면 아무개 씨 고향이란다
그러면 아무개 씰 아느냐 하니
의원은 빙긋이 웃음을 띠고
막역지간이라며 수염을 쓴다
나는 아버지로 섬기는 이라 하니
의원은 또다시 넌지시 웃고
말없이 팔을 잡아 맥을 보는데
손길은 따스하고 부드러워
고향도 아버지도 아버지의 친구도 다 있었다

의원	🔍

북관이라는 타향에서 몸이 아픈 화자는 홀로 의원을 찾아간다. '나'는 의원을 여래 같은 모습을 하고 있으며, 《삼국지》에 나오는 관우처럼 수염을 기른 신선 같은 사람으로 묘사하고 있다. 이 의원이 맥을 짚는데 손길도 따스하고 부드럽다. 한마디로 화자의 눈에 비친 의원은 선하고 따스한 품성을 지닌 사람이다.

고향	🔍

의원은 왜 '나'에게 고향을 물어보았을까? 진맥을 하다 보면 서로 말을 주고받아야 하는데, 그러다 '나'의 말씨 때문에 고향이 어디인지 물어본 것이라 추측할 수 있다. 어쩌면 그저 물어본 말일 수도 있는데, '아무개 씨'를 통해 공감대가 형성된다. 아무개 씨는 '나'에게 아버지 같은 사람이고, 의원에게는 막역한 친구이다. 같은 사람을 알고 있고, 그 사람에 대해 둘 다 좋은 감정을 가지고 있다는 사실이 둘을 더욱 가깝게 해준다.

여래와 관공

화자는 의원의 모습을 여래 같은 상을 하고 관공의 수염을 드리웠다고 묘사한다. 여래는 '부처'를 달리 이르는 말로, '여래 같은 상'은 부처처럼 자비롭고 온화하고 따뜻한 모습을 연상시킨다. 관공은 '관우'를 일컫는데, 관우는 싸움을 잘하며 의리와 충의의 인물로 알려져 있다.

이런 여래와 관공의 모습을 한 의원은 먼 옛날의 신선과 같다. 화자가 객지에서 병을 앓아 찾아간 의원은 이처럼 여래의 자비로운 상과 관공의 의리 있고 충의로운 이미지와 속세를 떠난 신선의 모습을 복합적으로 보여준다.

의원의 손길

화자는 먼 타향에서 앓아눕는다. 타지에서 병이 나면 더 힘든 법이다. 그런데 힘든 상황에서 만난 의원이 자신이 고향에서 아버지로 모셨던 사람과 막역지간이라고 한다. 화자는 인자한 인상의 의원에게서 고향, 고향에 사는 아버지, 아버지의 친구 같은 따스함을 느낀다.

이 시에서 '북관'은 내가 혼자 앓아누워 있는 곳이다. 타향에서 혼자 아픈 것
만큼 서러운 것도 없다. 아픈 몸을 이끌고 의원을 찾아가니 맥을 짚어준다.
맥을 짚으며 여러 말을 나눴을 것이다. '나'의 말씨가 이곳 사람이 아닌 것
을 안 의원은 고향이 어디냐고 묻는다. 평안도 정주라고 말하자 아무개 씨
를 아느냐고 묻는다. 아버지처럼 섬기는 사람이라고 답하자 의원은 그 사람
과 막역지간이라고 밝힌다. 아무개 씨 덕에 공감을 형성한 나와 의원. 아버
지처럼 섬기는 분과 막역지간인 그 의원의 손길은 따뜻하고 부드럽다. 그런
의원의 손길이 나를 혼자였던 북관에서 고향도, 아버지도, 아버지의 친구도
다 있는 곳으로 데려다준다.

외로운 타향에서 만난 의원의 손길은 화자에게 고향의 따스함을 느끼게
한다. 그런데 이러한 따스함은 말을 통해서 느끼는 것이 아니다. '묵묵하니
한참 맥을 짚고', '넌지시 웃고', '말없이 팔을 잡아 맥을 보는' 행위에서 느
껴진다.

백석에게 고향은 사라진 과거의 시간이 아니라 현재와 함께하는 따스운
곳이자 현재의 고통과 외로움을 극복하게 하는 공간이다. 북관이라는 먼 타
향에서 외로움과 아픔을 느끼는 화자. 이런 화자는 의원을 통해 고통과 외
로움을 치유하고 있다.

절망

북관의 계집은 튼튼하다
북관의 계집은 아름답다
아름답고 튼튼한 계집은 있어서
흰 저고리에 붉은 길동을 달아
검정 치마에 받쳐입은 것은
나의 꼭 하나 즐거운 꿈이었더니
어느 아침 계집은
머리에 무거운 동이를 이고
손에 어린것의 손을 끌고
가파로운 언덕길을
숨이 차서 올라갔다
나는 한종일 서러웠다

길동 옷소매 끝에 이어서 댄 천

이 시의 공간적 배경인 북관은 함경도를 두루 이르던 말이다. 백석 시 가운데 북관을 배경으로 하는 시는 이 시 외에도 <북관>, <고향>, <석양> 등이 있다. 백석 시에서 북관은 대체로 척박한 환경 속에서도 그것을 꿋꿋이 이겨나가는 공간으로 표현되고 있다.

이 시는 북관이라는 공간에 사는 북관의 계집을 소재로 하고 있다. 그 계집은 '튼튼하고 아름답다'고 직접 설명하고 있으며, 흰 저고리에 붉은 길동을 달고 검정 치마를 입고 있는 모습을 통해 수수하고 검소한 여인임을 알 수 있다.

백석에게 북관은 타향이다. 이런 타향살이에서 '북관의 계집'을 보며 '나의 꼭 하나 즐거운 꿈'이라고 말한다. 백석에게는 튼튼하고 아름답고 수수하고 검소하게 살아가는 여인의 모습이 타향살이의 어려움을 이겨내게 하는 힘인 것이다. 백석은 척박한 환경 속에서 아름다운 모습으로 튼튼하고 열심히 살아가는 계집을 지켜보면서 행복하게 잘 살기를 응원했을 것이다. 계집뿐 아니라 그러한 환경 속에서 열심히 살아가는 사람들 모두가 튼튼하고 아름답게 살아가기를 바랐을지도 모르겠다.

계집의 삶

튼튼하고 아름답고 수수한 북관의 계집. 어느 날 아침, 흰 저고리에 검은 치마를 입은 이 북관의 계집은 무거운 물동이를 이고 어린아이의 손을 잡고 숨을 몰아쉬며 가파른 언덕길을 올라간다. '무거운', '가파로운', '숨이 차서'라는 시어는 계집의 삶을 집약적으로 표현하는 말들이다. 무거운 물동이를 나르며 집안일도 해야 하고 어린아이도 키워야 하는 계집의 삶은 가파로운 언덕길을 올라가는 것처럼 숨이 차고 힘겹다. 튼튼한 계집이 숨이 차서 숨을 몰아쉬며 가는 모습을 보며, 화자는 그 삶이 고단하고 힘겨울 것 같아 서러워하는 것이다.

백석 시의 제목은 대부분 상황이나 소재를 중심으로 잡는다. 그런데 이 시의 제목인 '절망'은 상황이나 소재가 아니라 화자의 감정을 제목으로 잡은 것이다. 왜 제목을 '절망'이라고 했을까?

이 시에서 화자의 감정을 엿볼 수 있는 시어는 '즐거운 꿈'에서 드러나는 즐거움과 '한종일 서러웠다'에서 드러나는 서러움이다. 북관의 계집을 바라보던 모습에서 즐거움을 느꼈다면, 그 계집의 힘겹고 고단한 삶에서 서러움을 느낀다. 그런데 이 고단한 삶이 사그라질 것 같지 않아 화자는 서럽고 안타깝다. 서럽고 안타까움을 넘어 절망스러운 감정을 드러내기 위해서 이 시의 제목을 '절망'으로 하지 않았을까. 어쩌면 이 북관의 계집에게서 일제강점기를 살아가는 우리 민족의 모습이 보였을지도 모르니까.

이 시는°°°°°°

백석의 시는 대부분 상황이나 소재를 제목으로 삼는데, 이 시처럼 화자의 감
정을 제목으로 쓴 경우는 드물다. 그렇다면 왜 제목에 감정을 드러냈을까?

이 시는 <북관>, <고향>에 이어 북관을 소재로 한 작품이다. 12행으로 된
이 시는 1~6행과 7~12행 두 부분으로 나눌 수 있다. 앞부분은 북관 계집의
튼튼함, 아름다움, 수수함을 이야기한다. 타향인 북관에서 튼튼함과 아름다
움, 검소함을 지닌 계집을 바라보는 것이 화자의 꼭 하나의 즐거운 꿈이었
다. 열심히 살아가는 모습이 대견하고 아름다워 보였을 것이다.

그런데 7~12행에서는 이런 화자의 즐거운 꿈이 깨져버린다. 어느 아침,
계집은 무거운 물동이를 머리에 이고 손에 어린아이의 손을 끌고 가파른 언
덕길을 숨이 차서 올라간다. 튼튼하고 아름답고 수수한 이 계집의 삶은 가
파른 언덕길을 오르는 것처럼 힘겹다. 이 힘겨운 북관의 계집을 바라보는
것은 서럽다. 애정을 가지고 계집의 삶을 응원했었는데, 그 계집이 힘들게
일하면서 힘겨운 삶을 사는 것을 지켜보는 것은 절망스러운 일이었을 것
이다. 게다가 그 계집의 고단함과 힘겨움이 쉽게 끝날 것 같지도 않았기에
'나'는 한종일 서러웠을 것이다. 절망을 느꼈을 것이다.

7~12행을 이렇게도 해석할 수 있다. 북관의 계집이 짐을 싸서 어린것의
손을 끌고 어디론가 떠나는 것으로. '어느 아침'이라는 특정의 시간에 초점

을 맞추면, 이 아침은 북관의 계집이 고향을 떠나는 모습으로 읽을 수 있다. 고향을 떠날 수밖에 없는 절망적인 현실, 검소하고 수수하게 살아가는 삶이 파괴된 현실에 대한 안타까움을 표현한 시라고 보면 '절망'이라는 제목이 더 와닿는다. 힘겨워서 북관을 떠나긴 하지만 옮겨 가는 곳에서의 삶이 북관보다 더 나으리라 보기도 어려운 절망적인 상황을 담고 있기 때문이다.

어떻게 해석하든 앞부분의 즐거움과 뒷부분의 서러움을 대조적으로 표현함으로써 이 서러움이 절망이 되어버리는 삶의 고단함을 드러내고자 이 시의 제목을 '절망'으로 정했을 것이다. 이것은 북관의 삶이기도 하지만 그 당시 나라 잃은 조선의 서러운 삶이기도 했을 테니.

멧새 소리

처마 끝에 명태를 말린다
명태는 꽁꽁 얼었다
명태는 길다랗고 파리한 물고긴데
꼬리에 길다란 고드름이 달렸다
해는 저물고 날은 다 가고 별은 서러웁게 차갑다
나도 길다랗고 파리한 명태다
문턱에 꽁꽁 얼어서
가슴에 길다란 고드름이 달렸다

명태   🔍

명태는 다양한 이름으로 불린다. 얼리지 않은 생물 상태의 생태, 꽁꽁 얼린 동태, 완전히 말린 북어, 장기간 눈과 바람을 맞혀가며 말린 황태, 반만 건조한 것으로 코를 꿰어서 말린 코다리. 여러 이름만큼이나 명태는 우리나라 사람들이 좋아하는 생선이다. 이 시에 매달려 있는 명태는 아마도 '얼었다 녹았다'를 반복하는 황태가 아닐까 싶다.

'나'와 명태의 공통점   🔍

시에서 '나도 길다랗고 파리한 명태'라고 이야기한다. 처마 끝에서 말라가고 있는 명태의 모습이 자신과 같다는 뜻이다. 명태는 처마 끝에서 얼며 말라가고, '나'는 문턱에서 얼어간다. 명태와 '나'는 집 안으로 들어가지 못하는 처지다. 명태는 꼬리에 기다란 고드름이 달렸고, '나'는 가슴에 기다란 고드름이 달렸다. 명태와 '나'의 몸에 서러운 볕으로는 녹일 수 없는 상처, 얼음처럼 차가운 상처가 생긴 것이라고 유추해 볼 수 있겠다. 이렇게 보면 명태와 '나'는 힘없이 파리한 상태로 얼어가는 존재, 춥고 외로운 처지라는 공통점이 있다.

명태가 매달린 곳은 처마 끝이고, '나'가 꽁꽁 언 곳은 문턱이다. 명태는 꼬리에, '나'는 가슴에 기다란 고드름이 달렸다. 명태의 고드름은 꼬리에 매달려 겉으로 드러나지만, '나'의 고드름은 가슴속에 존재한다. 여기서 고드름은 꽁꽁 언 마음, 그러니까 상처 같은 것으로 볼 수 있다. 명태의 상처는 겉으로 드러나 있지만, '나'의 상처는 겉으로 보이지도 않고 치유하기도 힘들다. 그러니 그 슬픔과 외로움과 소외감이 훨씬 깊다고 하겠다.

시의 제목이 '멧새 소리'지만, 시에서 멧새 소리에 대한 언급은 전혀 없다. 그래서 제목이 좀 뜬금없이 느껴지기도 한다. 멧새는 우리나라에서 흔하게 볼 수 있는 텃새이다. 화자는 처마 끝에서 얼어가는 명태를 바라보며 '마치 내 처지 같구나'라며 자신의 처지를 서러워하고 있는데, 고향에서 흔히 들던 멧새 소리가 들려온다. 어린 시절, 고향에서 듣던 멧새 소리를 듣다 보니 지금 문 밖(고향 밖)을 외롭게 떠돌면서 추운 겨울을 보내고 있는 자신의 처지가 더욱 서러워진다. 따라서 제목인 '멧새 소리'는 명태와 같은 '나'의 처지를 더욱 서럽고 차갑게 느끼게 하는 효과가 있다고 할 수 있다.

이 시는 처마 끝에 매달린 명태를 묘사하며 시작된다. 시인은 꽁꽁 얼어서 꼬리에 긴 고드름이 달린 명태를 보며 자신과 닮았다고 생각한다. 자기 마음도 꽁꽁 얼어 있고, 자신의 가슴에도 긴 고드름이 달려 있다는 것이다. 명태를 통해 자신의 춥고 외로운 처지를 표현한 것이다.

그런데 시 본문에는 '멧새'가 한 번도 등장하지 않는데, 왜 제목을 '멧새 소리'라고 했을까?

백석은 고향인 평안북도 정주를 떠나 8년 정도 객지 생활을 했다고 한다. 동경 유학 4년, 서울 생활 2년, 함경도 함흥에서 2년. 이 추운 객지 함흥의 겨울은 더욱 춥고 서러웠을 것이다. 그런 그가 추위에 꽁꽁 얼어붙은 채 매달려 있는 명태를 보며 서러워하고 있을 때 멧새 소리가 들려왔을 것이다. 긴 타향살이 중에 고향에서 들었던 멧새 소리를 들으니 고향을 떠나 외롭게 떠돌면서 추운 겨울을 보내고 있는 자신의 처지가 더욱 서러워졌을 것이다. 어쩌면 고향의 속삭임 같은 멧새 소리. 이 소리가 명태처럼 꽁꽁 얼고, 기다랗고 파리하고, 가슴에 기다란 고드름이 달린 화자의 처지를 더욱 서럽게 했을 것이다.

멧새가 등장하지는 않지만 이 시를 잘 읽어보면 멧새 소리가 들리는 듯하다. 저물어가는 날, 제집을 찾아가는 멧새가 우는 소리. 자기 둥우리를 찾아가는 멧새를 보면서, 객지에서 파리하게 지친 화자는 외로움과 서러움을 느꼈을 것이다. 그런데 화자의 눈에 처마 밑에서 꼬리에 고드름을 달고 꽁꽁 얼어가는 명태가 보인다. 문 밖도 아니고 문 안도 아닌 문턱에 서 있는 화자. 화자는 명태를 보며, 완전한 타향도 아니고 고향도 아닌 곳에서 가슴에 고드름이라는 상처를 길게 달고 있는 자신의 모습을 본다. 멧새 소리를 들으며, 꽁꽁 얼어가는 명태를 보며, 자신의 외로움과 서러움을 본다. '멧새 소리'는 화자의 외로움과 서러움, 고향에 대한 그리움을 효과적으로 표현하는 데 걸맞은 제목이다.

다시 말하면 화자는 명태를 보며 자신의 모습을 투영하고 있으므로, 만약 이 시의 제목을 '명태'라고 했다고 가정해 보자. 그랬다면 화자가 '고향을 그리워하는 마음'을 읽어내기는 어려웠을지도 모른다. 따라서 이 시는 시 밖의 소재를 제목으로 하여 시의 깊이를 더하는 작품이라고 할 수 있다.

동뇨부

봄철날 한종일내 노곤하니 벌불 장난을 한 날 밤이면 으레이 싸개동당을 지나는데 잘망하니 누워 싸는 오줌이 넓적다리를 흐르는 따끈따끈한 맛 자리에 펑하니 고이는 척척한 맛

첫여름 이른 저녁을 해치우고 인간들이 모두 터 앞에 나와서 물외 포기에 당콩 포기에 오줌을 주는 때 터 앞에 밭마당에 샛길에 떠도는 오줌의 매캐한 재릿한 내음새

긴긴 겨울밤 인간들이 모두 한잠이 들은 재밤중에 나 혼자 일어나서 머리맡 쥐발 같은 새끼요강에 한없이 누는 잘 마렵던 오줌의 사르릉 쪼로록 하는 소리

그리고 또 엄매의 말엔 내가 아직 굳은 밥을 모르던 때 살갗 퍼런 막내고모가 잘도 받아 세수를 하였다는 내 오줌빛은 이슬같이 샛맑갛기도 샛맑았다는 것이다

벌불 들불

싸개동당 오줌이 몹시 마려운 상황

잘망하니 하는 짓이나 모양새가 잘고 얄밉게

당콩 강낭콩

재밤중 한밤중

네 가지 오줌 이야기 🔍

'동'은 아이, '뇨'는 오줌을 뜻하고, '부'는 한시의 여섯 가지 양식 가운데 하나를 이르는 명칭이다. 따라서 시 제목인 '동뇨부'는 '어린아이의 오줌 노래(이야기)' 정도로 뜻매김할 수 있다. 시적 화자가 기억하는 어렸을 적 오줌에 대한 느낌과 경험에 대해 쓴 시다.

이 시는 4연으로 이루어져 있다. 1연에서는 어린아이가 봄철 불장난을 하고 잤는데, 이불에 오줌을 싸면서 느꼈던 것을 표현하고 있다. '넓적다리를 흐르는 따끈따끈'하고 '척척한' 느낌을 자세히 드러낸다. 2연에서는 여름날 텃밭에 오줌을 눌 때 풍기던 매캐하고 재릿한 냄새를 묘사하고 있다. 3연에서는 겨울밤 방 안에서 요강에 오줌을 눌 때 '사르릉 쪼로록' 하며 나던 오줌 소리를 표현하고 있다. 4연에서는 어린아이의 오줌이 피부에 좋다는 속설을 믿고 고모가 '나'의 오줌을 받아 세수를 했다는 엄마의 이야기를 통해 샛맑았던 '나'의 오줌 색깔을 전하고 있다.

시간 순서로 따지자면 '4연 → 1연 → 2연 → 3연'의 순서일 것이고, 4연은 계절을 따질 수는 없지만, 계절의 순서로 따지자면 '1연 → 2연 → 3연 → 4연'으로 볼 수 있다.

척척한 맛

이 시는 각 연에서 오줌의 특성을 촉각, 후각, 청각, 시각을 사용하여 감각적으로 표현했다는 특징이 있다. 1연은 이불에 오줌을 쌌을 때 느끼는 척척한 촉감을, 2연은 오줌의 매캐하고 재릿한 냄새를, 3연은 요강에 오줌 쌀 때 들리던 사르릉 쪼르륵 하는 소리를, 4연은 어린 시절 이슬같이 맑은 오줌 색깔을 표현하고 있다.

소재의 기발함

먹고 놀고 자고 싸는 것은 인간이라면 누구나 하는 본능적 행위다. 본능적이고 당연한 행위를 시로 쓴 건, 게다가 오줌을 소재로 시를 쓴 데에는 어떤 이유가 있을 것이다. 인간이라면 누구나 겪는 본능적인 그리움 같은 것을 표현하려고 한 것은 아니었을까.

이 시는 오줌이라는 소재를 다양한 에피소드를 통해 재미있게 표현한다. 거기다 이 다양한 에피소드를 다양한 감각으로 표현한 것이 이 시의 매력이라고 할 수 있다.

참 재미있는 시다. 어렸을 적 오줌에 얽힌 이야기를 계절별로 촉각, 후각, 청각, 시각을 절묘하게 배치하여 기발하고 재미있게 표현하고 있다.

1연은 하루 종일 불장난하고 들어온 밤에 이불에 오줌을 싸는 이야기를 촉각으로 표현하고 있다. 불장난을 하면 밤에 이불에 오줌 싼다는 이야기를 생각나게 하는 시다. 들판에서 쥐불놀이를 하고 돌아와 노곤하여 질퍽하게 오줌을 쌌던 기억을 넓적다리에 따끈따끈하게 흐르는 촉각으로 재미있게 표현했다.

2연은 여름날의 풍경이다. 여름의 낮은 길어 저녁을 먹고 나도 환하다. 저녁을 먹고 나와 공터에서 놀다가 텃밭 오이와 강낭콩에 거름 삼아 오줌을 누는데, 그 오줌이 흘러 매캐하고 지린 냄새가 나는 모습을 후각으로 표현했다.

3연은 겨울밤 한밤중에 혼자 일어나 방 안에 있던 요강에 오줌을 누웠던 기억을 '사르릉 쪼로록 하는' 경쾌한 소리로 표현했다.

4연은 화자의 기억이 아닌 엄마의 이야기를 통해 표현하고 있다. 어린아이의 오줌이 피부에 좋다는 속설을 믿고 화자의 오줌을 고모가 받아 세수했다는 이야기를 시각적으로 표현했다.

이 시가 매력적인 이유는 오줌은 불결하다는 우리의 선입견을 시를 읽으면서 사라지게 하기 때문이다. 먹고 놀고 자고 싸는 본능적인 행위를 통해 시란 고차원적인 이념만이 아니라 인간의 이러한 본능적인 모습을 소재로 할 수 있다는 사실을 잘 보여준다. 오줌이라는 원초적인 행위를 다양한 감각을 통해 표현함으로써 읽는 우리를 즐겁게 한다.

인간이라면 누구나 겪는 본능적인 그리움 같은 것을 표현한 이 시는 읽는 재미를 선사한다. 오줌이라는 기발한 소재를 다양한 감각으로 재치있게 표현해 읽는 내내 웃음을 짓게 한다.

북신 — 서행시초 2

거리에서는 메밀 내가 났다
부처를 위하는 정갈한 노친네의 내음새 같은 메밀 내가 났다

어쩐지 향산 부처님이 가까웁다는 거린데
국숫집에서는 농짝 같은 돼지를 잡아 걸고 국수에 치는 돼지고
기는 돗바늘 같은 털이 드문드문 박혔다
나는 이 털도 안 뽑은 돼지고기를 물끄러미 바라보며
또 털도 안 뽑은 고기를 시끼먼 맨메밀국수에 얹어서 한입에
꿀꺽 삼키는 사람들을 바라보며
나는 문득 가슴에 뜨끈한 것을 느끼며
소수림왕을 생각한다 광개토대왕을 생각한다

치는 가늘게 썰거나 저미는

'북신(北新)'은 평안북도 영변군 북신현면(현재 향산군)의 지명으로 보는 것이 타당하다. '향산'이라는 말이 나오는데, 그곳이 보현사가 있는 묘향산을 지칭하기 때문이다.

부제로 붙은 '서행시초 2'는 '서쪽 지방을 여행하며 쓴 두 번째 시'라는 뜻이다. 서쪽 지방은 관서(평안도와 황해도 북부 지역) 지역을 의미하는 것으로, 평안북도 일대를 여행하면서 쓴 기행시라 할 수 있다. 백석이 쓴 시들 가운데는 '남행시초, 함주시초, 서행시초'처럼 다른 지역을 여행하며 쓴 시가 많다. 백석은 새로운 곳을 경험하며 보고 느낀 점을 소재로 시를 쓴 대표적인 시인이다.

유명 사찰에서는 사람들이 절복을 입고 부처님께 자신의 소망을 절실히 비는 모습을 흔히 볼 수 있다. 주변 사람들의 건강과 행복을 간절히 비는 그 모습은 경건해 보이기도 한다.

거리를 걷는 시인은 거리 가득 풍기는 메밀 냄새를 맡으며 누군가를 위해 간절한 소망을 비는 이들의 모습을 떠올렸을 것이다. 메밀 냄새가 그 모습과 겹쳐지며 공손하고 정갈함을 느낀 것이다. 오고 가는 사람들이 공손하고 정갈하게 부처님께 합장하는 모습과 거리에 가득한 국숫집들에서 나는 메밀 냄새가 어우러진 모습을 '정갈한 노친네의 내음새 같은 메밀 내'로 표현하고 있다.

돼지고기	🔍

정갈한 메밀 냄새를 맡은 화자는 어느 국숫집에 들어간다. 장롱만 한 돼지고기를 턱 하니 걸어놓은 그곳에서 '나'는 고기국수를 시켰는데, 나온 국수 안의 고기에는 굵은 바늘 같은 돼지 털이 드문드문 박혀 있다. 아주 투박한 느낌이다.

거기서 화자는 자신의 국수 그릇 안에 담긴 돼지고기와 시커먼 맨메밀국수에 굵은 바늘 같은 털이 박힌 돼지고기를 얹어서 한입에 꿀꺽 삼키는 사람들을 바라보고 있다.

소수림왕과 광개토대왕 🔍

시커먼 맨메밀국수에 털이 박힌 돼지고기를 먹고 있는 사람들을 바라보고 있자니 가슴에 뜨끈한 것이 올라온다. 그들의 모습에서 소수림왕과 광개토대왕이 떠오른다. 왜 그랬을까? 국수를 꿀꺽 삼키는 모습과 소수림왕, 광개토대왕은 어떻게 연결이 될까?

바늘 같은 털이 박힌 돼지고기를 꿀꺽 삼키는 사람의 모습에서 원시적인 힘, 대륙의 힘과 야생의 힘을 느끼게 된다. 과거 이곳에서 저 국수를 먹었을 조상들과 이 땅을 차지하기 위해 싸웠던 사람들의 힘을 떠올렸을 것이다. 당시의 시대 상황을 고려한다면, 시대의 울분과 민족의식을 표현하고자 했던 마음도 포함되어 있을지 모르겠다.

139

'나'는 메밀 내가 가득한 묘향산 거리를 걷는다. 큰 사찰이 있는 골목이라 그런지 국수 냄새마저도 정갈하다. '나'는 커다란 돼지를 잡아 걸어놓은 국숫집에 들어가 국수를 시켰는데, 돗바늘 같은 털이 박혀 있는 돼지고기가 올려진 국수가 나왔다. 선뜻 입에 넣지 못하고 돼지고기를 물끄러미 바라보고 있는데, 털도 안 뽑은 고기를 시꺼먼 맨메밀국수에 얹어서 한입에 꿀꺽 삼키는 사람들을 바라보니 가슴이 울컥한다. 가슴이 뜨끈하다. 저들의 건강함이 그대로 담긴 이 음식을 바라보며 소수림왕과 광개토대왕을 생각한다.

이 시는 시꺼먼 맨메밀국수에 털도 안 뽑힌 고기를 얹어서 먹는 사람들을 바라보며 감동을 받은 모습을 표현하고 있다. 무엇이 시인을 감동시켰을까? 그것은 아마도 야성적 생명력일 것이다. 털도 덜 뽑힌 고기를 우걱우걱 씹어 먹는 그들의 모습에서 야생의 힘을 느끼며 우리 역사에서 가장 힘이 있었던 고구려의 소수림왕과 광개토대왕을 떠올린다.

게다가 이곳은 옛 고구려 영토인 평안도와 황해도 지역이니 먼 옛날 이곳의 땅을 서로 차지하기 위해 목숨을 바쳐 싸운 사람들의 모습도 떠올랐을 테고, 쌀밥도 아닌 거칠고 시꺼먼 맨메밀국수를 우걱우걱 먹는 사람들의 모습에서 척박한 삶의 힘겨움도 떠올랐을 것이다. 그래서 그들의 원시적인 힘과 야생의 힘을 느낄 수 있는 고구려의 가장 전성기 왕인 소수림왕과 광개토대왕을 떠올린 것이다.

소수림왕은 불교를 도입하고 태학을 설립하는 등 국가 체제를 정비하여 고구려 발전의 기틀을 마련한 왕이다. 광개토대왕은 남으로 한강 유역에서 북으로 요동 지역까지 정벌한 왕이다. 저들의 건강함이 그대로 담긴 이 음식을 바라보며 소수림왕과 광개토대왕 때부터 이어져왔을 야생의 힘, 대륙의 힘을 느끼는 것이다.

대체로 백석의 시는 감동이나 정서를 묘사하는 것으로 끝내는데, 이 시는 특이하게 '소수림왕을 생각한다 광개토대왕을 생각한다'라는 추상의 개념으로 마무리하고 있다. 어쩌면 시인은 이 시기에 이르러 민족의식에 대해 많이 생각했을 것 같다. 이 야생성을 되찾아 쓰러져가는 조선을 다시 세우고 싶은 마음에 이렇게 마무리한 것은 아닐까.

팔원 — 서행시초 3

차디찬 아침인데
묘향산행 승합자동차는 텅하니 비어서
나이 어린 계집아이 하나가 오른다
옛말속같이 진진초록 새 저고리를 입고
손잔등이 밭고랑처럼 몹시도 터졌다
계집아이는 자성으로 간다고 하는데
자성은 예서 삼백오십 리 묘향산 백오십 리
묘향산 어디메서 삼촌이 산다고 한다
쌔하얗게 얼은 자동차 유리창 밖에
내지인 주재소장 같은 어른과 어린아이 둘이 내임을 낸다
계집아이는 운다 느끼며 운다
텅 비인 차 안 한구석에서 어느 한 사람도 눈을 씻는다
계집아이는 몇 해고 내지인 주재소장 집에서
밥을 짓고 걸레를 치고 아이보개를 하면서
이렇게 추운 아침에도 손이 꽁꽁 얼어서
찬물에 걸레를 쳤을 것이다

내지인 일본인

주재소장 지금의 파출소장

내임을 낸다 배웅을 한다

아이보개 아이를 돌보는 일을 맡아 하는 사람

팔원과 자성 🔍

'팔원'은 평안북도 영변군에 있는 팔원면을, '자성'은 평안북도 자성군 자성
면을 일컫는다. 팔원도 산골이지만 자성은 평안북도 최북단 압록강 상류에
위치한 곳으로, 중국과 국경을 맞대고 있으며 매우 추운 곳이다. 그러니까
계집아이는 팔원보다 더 춥고 살기 힘든 곳으로 가는 것이다.

계집아이 🔍

계집아이는 옛날이야기의 인물처럼 진진초록의 새 저고리를 입었다. 그러
나 손잔등은 밭고랑처럼 터져 있다. 새 옷을 입고 자성으로 가는 계집아이
는 식모살이를 하며 살았다. 밥하고, 빨래하고, 청소하고, 아이 돌보는 일을
하는 이 계집아이의 삶은 어쩌면 그 당시 소녀들이 겪었던 힘겨운 삶이었을
것이다.

계집아이의 울음

계집아이는 내지인 주재소장 집에서 식모살이를 몇 해 하다가 어떤 사연인
지 자성으로 가게 된다. 자성은 추위로 이름난 곳으로 팔원에서 350리나 떨
어진 먼 곳이다. 훨씬 춥고 낯선 곳으로 가는 계집아이의 삶이 지금보다 더
힘들 것이라는 것은 어렵지 않게 추측할 수 있다. 팔원에서 묘향산행 버스
를 타고 삼촌이 있는 곳으로 갔다가 다시 자성으로 먼 이동을 하게 될 계집
아이의 삶은, 손등이 밭고랑처럼 몹시 터진 것처럼 더 아프게 이어질 것이다.

어느 한 사람

승합자동차에 탄 소녀를 바라보는 사람은 계집아이의 모습을 관찰하며 가
슴 아파하는 시적 화자라고 볼 수 있다. 당시의 비극적 현실에 대해 슬퍼하
는 사람, 일제 강점기를 힘겹게 살아가는 우리 민족의 삶에 대해 가슴 아파
하는 사람이라고 볼 수 있겠다.

이 시의 제목은 '팔원'이고 '서행시초 3'이라는 부제가 붙어 있다. '서행'이란 관서(평안도) 지방을 여행했다는 의미이니까, 그 지역을 여행하면서 쓴 세 번째 시라는 뜻이다. '차디찬 아침', '쌔하얗게 얼은 유리창'에서 알 수 있듯이 겨울날 아침을 배경으로 하고 있으며, 한겨울이라는 시간적 배경은 일제의 억압을 받는 식민지 조선의 비참한 상황과도 연결된다. 공간적 배경은 팔원이라는 지역이고, 더 구체적으로는 묘향산행 버스 안이다. 시적 화자는 추운 겨울날 묘향산행 버스 안에서 한 계집아이를 관찰하고 있다. 사실 이시의 진짜 주인공은 시적 화자가 바라보고 있는 그 계집아이라고 할 수 있겠다.

그렇다면 그 계집아이에 대해 좀 더 자세히 알아보자. 우선 나이는 10~15세쯤이라고 추측해 볼 수 있다. 진진초록 새 저고리를 입고 있다고 했으니, 아마도 자기가 가지고 있는 옷 가운데 가장 좋은 옷이거나 새로 산 옷일 것이다. 그런데 손은 밭고랑처럼 몹시도 터졌다고 하니 고생을 많이 했을 것이다. 내지인인 주재소장의 집에서 식모살이를 하면서 얼마나 힘든 집안일(청소, 아이 돌보기, 빨래 등)을 했을지 알 수 있다.

그런 계집아이는 지금 울고 있다. 배웅을 하는 어른과 아이 둘의 무덤덤한 모습과는 대조적이다. 왜 울고 있을까? 내지인 주재소장 집에서의 삶이 힘겨워서였을까? 자신의 처지가 서러워서였을까? 멀리 갈 길이 두려워서였을까? 이 소녀의 울음을 통해 우리는 이 소녀의 여행길이 고단한 삶을 끝내고 고향으로 돌아가는 길이 아니라, 어쩌면 지금보다 더 험난한 삶으로 가는 비극적인 길일지도 모르겠다는 생각을 하게 된다. 아직 보호받으며 공부해야 할 어린 소녀, 일본인 주재소장 집에서 하던 식모살이를 그만두고 멀리 떠나가는 소녀, 누구도 쉽게 도움을 줄 수 없는 현실에 처한 소녀의 모습을 통해 당시 아프고 핍박받던 우리의 시대상을 보여주고 있는 건 아닐까?

그래도 이 계집아이의 묘향산행이 외롭지는 않을 것 같다. '텅 비인 차 안 한 구석에서 어느 한 사람'이 같이 울어주고 있기 때문이다. 그러나 이 계집아이는 무사히 삼촌 집에 도착할 수 있을까? 자성에서의 삶은 이곳보다 더 나을 수 있을까? 아직 어린 이 소녀는 어찌 되었을까?

국수

눈이 많이 와서
산엣새가 벌로 내려 메기고
눈구덩이에 토끼가 더러 빠지기도 하면
마을에는 그 무슨 반가운 것이 오는가 보다
한가한 아동들은 어둡도록 꿩 사냥을 하고
가난한 엄매는 밤중에 김치가재미로 가고
마을은 구수한 즐거움에 싸서 은근하니 홍성홍성 들뜨게 하며
이것은 오는 것이다
이것은 어느 양지귀 혹은 응달쪽 외따른 산 옆 은댕이 예데가
리밭에서
하룻밤 뽀오얀 흰 김 속에 접시귀 소기름 불이 뿌우연 부엌에
산멍에 같은 분틀을 타고 오는 것이다
이것은 아득한 옛날 한가하고 즐겁던 세월로부터
실 같은 봄비 속을 타는 듯한 여름볕 속을 지나서 들쿠레한 구
시월 갈바람 속을 지나서
대대로 나며 죽으며 죽으며 나며 하는 이 마을 사람들의 의젓
한 마음을 지나서 텁텁한 꿈을 지나서

지붕에 마당에 우물둔덕에 함박눈이 푹푹 쌓이는 여느 하룻밤

아배 앞에 그 어린 아들 앞에 아배 앞에는 왕사발에 아들 앞에

는 새끼사발에 그득히 사리어 오는 것이다.

이것은 그 곰의 잔등에 업혀서 길여났다는 먼 옛적 큰마니가

또 그 짚등색이에 서서 재채기를 하면 산 너머 마을까지 들렸

다는

먼 옛적 큰아바지가 오는 것같이 오는 것이다

아, 이 반가운 것은 무엇인가

이 희스무레하고 부드럽고 수수하고 슴슴한 것은 무엇인가

겨울밤 쩡하니 익은 동치미국을 좋아하고 얼얼한 고춧가루를

좋아하고 싱싱한 산꿩의 고기를 좋아하고

그리고 담배 내음새 탄수 내음새 또 수육을 삶는 육수국 내음

새 자욱한 더북한 삿방 쩔쩔 끓는 아랫목을 좋아하는 이것은 무

엇인가

이 조용한 마을과 이 마을의 의젓한 사람들과 살틀하니 친한

것은 무엇인가
이 그지없이 고담하고 소박한 것은 무엇인가

산엣새 산에 사는 새

메기고 울음소리를 내고

김치가재미 겨울에 김장 김치를 넣어 보관하던 창고나 헛간

은댕이 언저리

예데가리밭 오래 묵은 비탈밭

산멍에 이무기

들쿠레한 들큼하면서 구수한

우물둔덕 우물 둘레의 작은 둑 모양으로 된 곳

길여났다 길러졌다

큰마니 할머니

짚등색이 짚이나 등나무 줄기로 짜서 만든 자리

큰아바지 할아버지

탄수 '식초'로 또는 '목탄'이라고 해석하기도 한다.

삿방 삿자리를 깐 방

살틀하니 아끼고 위하는 마음이 지극하여

고담하고 속되지 않으면서도 담담하고

이 시는 마치 스무고개 같다. 스무고개의 답은 '국수'이다. 시에서는 '국수'
라는 말이 한 번도 등장하지 않는다. 제목을 통해서 시를 보아야 '이것'이
국수라는 것을 알 수 있다. 이 시의 내용은 모두 국수에 대한 설명이다.

　1~8행은 국수를 먹게 되는 때를 이야기한다. 눈이 많이 와서 토끼가 눈
구덩이에 저절로 빠지게 되면 토끼고기 국수를 한다. 아이들이 꿩을 잡으
면 꿩고기를 넣은 국수를 하게 될 것이다. 9~11행은 분틀에 국수를 뽑으며
국수 만드는 과정을 설명하고 있다. 12~19행에서는 국수에 담긴 전설과 이
야기를 들려준다. 이 구절은 마치 이육사의 <청포도>에 나오는 "이 마을 전
설이 주저리주저리 열리고 / 먼 데 하늘이 꿈꾸며 알알이 들어와 박혀"라는
구절을 떠올리게 한다. 사람들의 삶과 이야기와 소망이 청포도 알알마다 들
어와 있는 것처럼, 봄날의 '봄비'와 찌는 듯한 '여름볕'을 지나 '구시월의 바
람'을 통과하고 마을 사람들의 꿈을 지나 그득히 사리어 오는 국수 한 그릇
에는 오랜 세월과 사계절과 꿈과 사랑이 담겨 있다. 먼 옛날의 전설도 담겨
있다.

이것이 좋아하는 것 🔍

2연에서는 이것, 즉 국수가 좋아하는 것을 소개하고 있다. 국수가 좋아하는 것이란 국수를 만들 때 들어가는 음식과 냄새를 말한다. 담배 냄새, 탄수 냄새, 육수 냄새가 밴 뜨거운 아랫목에서 겨울밤 살얼음이 언 동치미국에 얼얼한 고춧가루를 넣고 산꿩 고기를 넣어 후루룩 먹는다. 그 맛은 히수무레하고 부드럽고 수수하고 슴슴한 최고의 맛일 것이다.

이것이 친한 것 🔍

3연에서는 국수의 특징이 나타나 있다. 조용하고 의젓한 마을 사람들과 서로 아끼고 위하는 마음이 지극한 이것이 바로 국수이다. 국수는 속되지 않으면서도 고담하고 소박해서 조용하고 의젓한 마을 사람들과 서로 잘 어울리고 친한 것이다. 왜냐하면 국수 자체가 히수무레하고 부드럽고 수수하고 슴슴한 맛이기 때문이다. 국수에 대한 최고의 찬사가 아닐까.

누구에게나 인생 음식, 즉 언제나 생각나고 그것을 먹으면 힘이 나는 그런 음식이 있을 것이다. 백석에게는 그런 음식이 국수였나 보다. 백석의 시에는 음식이 많이 등장한다. 흰 쌀밥과 가자미를 소재로 쓴 <선우사>, 장날의 맛있는 음식을 나열한 <월림장> 같은 시가 대표적이다. 그중에서도 <국수>는 단연 으뜸이다. <산숙>에서는 국숫집을 함께 하는 여인숙에서 묵었고, <야반>과 <백화>에서는 메밀국수를 삶는 장면이 나오고, <북신>에서는 국수를 먹으며 소수림왕과 광개토대왕을 떠올린다. 그러다가 <국수>라는 시를 대놓고 쓴다. 왜 이렇게 국수를 좋아했을까?

그 이유가 이 시에 나와 있다. 전에는 국수가 지금처럼 간편하게 먹을 수 있는 음식이 아니었다. 토끼나 꿩을 잡아 삶아서 구수한 육수를 만들어야 하고, 척박한 곳에서 자란 메밀을 가루로 만들고 반죽하여 분틀에 넣고 면을 뽑아 삶아야 한다. 뽑아낸 면을 잘 익은 동치미 국물에 말아 먹거나 산꿩 육수를 만들어 말아 먹고 꿩고기는 고명으로 얹어 먹는다. 그 국수 한 그릇에는 사계절을 견뎌낸 세월이 담겨 있고, 마을 사람들의 삶과 죽음, 옛이야기가 담겨 있는 것이다. 이렇게 완성된 히수무레하고 부드럽고 수수하고 슴슴한 맛은 마치 북쪽 사람들의 투박한 삶과 같아 살틀하니 친할 수밖에 없다. 고담하고 소박한 맛을 간직한 국수를 좋아하지 않을 수 없는 것이다.

이 시는 1941년 4월에 발표되었다. 이때는 백석이 만주로 이주했던 시기이다. 타국에서 이 시를 썼을 백석의 심정은 어땠을까? 조선을 떠나 우리말도 사용할 수 없게 된 조국을 그리워하며, 어린 시절 고향에서 먹었던 국수를 떠올리게 된 것이다. 국수를 먹게 되는 때, 국수가 만들어지는 과정, 국수 속에 담긴 마을 사람들과 가족들의 삶과 이야기, 국수와 함께 곁들이는 반찬을 나열했다.

이러한 시를 왜 썼을까? 가족들과 마을 사람들과 모여 앉아 후루룩 국수를 먹던 그 장면을 떠올리며 그 날을 그리워하면서 이 시를 썼을 것이다. 언제 다시 올지 알 수 없는 날, 구수한 즐거움에 싸여 흥성흥성 들떠 있던 그 순간의 추억을 그리워하며 이 시를 쓴 것이다.

흰 바람벽이 있어

오늘 저녁 이 좁다란 방의 흰 바람벽에
어쩐지 쓸쓸한 것만이 오고 간다
이 흰 바람벽에
희미한 십오 촉 전등이 지치운 불빛을 내어던지고
때글은 다 낡은 무명셔츠가 어두운 그림자를 쉬이고
그리고 또 달디단 따끈한 감주나 한잔 먹고 싶다고 생각하는
내 가지가지 외로운 생각이 헤매인다
그런데 이것은 또 어인 일인가
이 흰 바람벽에
내 가난한 늙은 어머니가 있다
내 가난한 늙은 어머니가
이렇게 시퍼러둥둥하니 추운 날인데 차디찬 물에 손은 담그고
무며 배추를 씻고 있다
또 내 사랑하는 사람이 있다
내 사랑하는 어여쁜 사람이
어늬 먼 앞대 조용한 개포가의 나지막한 집에서
그의 지아비와 마주 앉아 대구국을 끓여놓고 저녁을 먹는다

벌써 어린것도 생겨서 옆에 끼고 저녁을 먹는다
그런데 또 이즈막하여 어느 사이엔가
이 흰 바람벽엔
내 쓸쓸한 얼굴을 처다보며
이러한 글자들이 지나간다
ㅡ 나는 이 세상에서 가난하고 외롭고 높고 쓸쓸하니 살아가도
록 태어났다
그리고 이 세상을 살아가는데
내 가슴은 너무도 많이 뜨거운 것으로 호젓한 것으로 사랑으로
슬픔으로 가득 찬다
그리고 이번에는 나를 위로하는 듯이 나를 울력하는 듯이
눈질을 하며 주먹질을 하며 이런 글자들이 지나간다
ㅡ 하늘이 이 세상을 내일 적에 그가 가장 귀해하고 사랑하는 것
들은 모두
가난하고 외롭고 높고 쓸쓸하니 그리고 언제나 넘치는 사랑과
슬픔 속에 살도록 만드신 것이다
초승달과 바구지꽃과 짝새와 당나귀가 그러하듯이

그리고 또 프랑시스 쟘과 도연명과 라이너 마리아 릴케가 그러 하듯이

때글은 때가 묻어 검게 된

앞대 평안도에서 보아 남쪽 지방을 가리키는 말

이즈막하여 이슥한 시간이 되어서

울력하는 여러 사람이 나에게 힘을 실어주는

눈질 눈으로 흘끔 보는 것

귀해하고 귀하게 여기고

바구지꽃 박꽃

짝새 뱁새

흰 바람벽

'나'는 저녁에 좁다란 방에 누워 흰 바람벽을 쳐다보고 있다. 그 흰 바람벽을 바라보고 있자니 여러 가지 생각이 든다. 흰 바람벽에 희미한 전등 불빛도 비치고, 걸어놓은 셔츠의 그림자도 비친다. 그것들을 바라보며 따뜻한 술 한잔 마시고 싶다는 생각도 든다.

흰 바람벽의 역할

흰 바람벽은 마치 영화관의 스크린처럼 '나'가 생각하는 것들을 보여준다. 처음에는 방에 있던 물건들이 비치기만 했는데, 어인 일인지 흰 바람벽에 보고 싶은 어머니 모습도 있고, 사랑하는 사람의 모습도 보이고, 어느 사이엔가 흰 바람벽은 '나'의 쓸쓸한 얼굴을 보여준다. 그리고 결국 '나'를 위로하듯 글자들이 지나간다. 이 '흰 바람벽이 있어' 사랑하는 사람과 그리운 사람을 볼 수 있게 되는 것이다.

흰 바람벽을 통해 어머니와 사랑하는 사람의 모습도 보인다. 힘들고 괴로울 때 가장 먼저 떠오르는 사람이 어머니와 사랑하는 사람일 것이다. 그런데 조금 이상하다. 사랑하는 그 사람은 이미 다른 사람과 결혼을 했고 아이도 있다. 그 사랑하는 사람이 지아비와 오붓하게 앉아서 대굿국을 끓여 저녁을 먹는다. 그곳은 앞대 개포가, 즉 남쪽 어딘가에 바닷물이 드나드는 곳이다. 백석을 아는 사람이라면 그곳이 통영이고, 사랑하는 사람이 통영에 사는 박경련이라는 생각을 할 것이다. 이미 결혼한 사람을 잊지 못하고 그리워하는 것이다.

'나'는 왜 '가난하고 외롭고 높고 쓸쓸하니' 살아가도록 태어났을까? 왜냐하면 '하늘이 이 세상을 내일 적에 그가 가장 귀해하고 사랑하는 것들은 모두 / 가난하고 외롭고 높고 쓸쓸하니 그리고 언제나 넘치는 사랑과 슬픔 속에 살도록 만'들었기 때문이다. 가장 귀하고 사랑하는 것들, 초승달, 바구지꽃, 짝새, 당나귀, 프랑시스 쟘, 도연명, 라이너 마리아 릴케가 그런 것처럼, 귀하고 사랑하는 것들은 모두 가난하고 외롭고 높고 쓸쓸하게 살도록, 언제나 넘치는 사랑과 슬픔 속에 살도록 만들었기 때문이다. 즉 '나'는 하늘이 귀하게 여기고 사랑하는 존재이므로 가난하고 외롭고 높고 쓸쓸하게 살게 될 운명인 것이다.

좁은 방의 흰 바람벽에 희미하고 지친 전등이, 다 낡은 무명셔츠가, '나'의
외로운 생각이 쓸쓸하게 비친다. 그런데 갑자기 흰 바람벽에 '나'의 가난하
고 늙은 어머니가 이렇게 추운 날 차디찬 물에 무와 배추를 씻고, '나'의 사
랑하는 어여쁜 사람이 지아비와 어린것과 함께 대굿국을 끓여놓고 저녁을
먹는 모습이 보인다. 그런데 또 갑자기 흰 바람벽에 '나'의 쓸쓸한 얼굴이
비치고, '나'에게 눈길을 하며 주먹질을 하며 글자들이 지나간다. 이런 모든
생각이 떠오르는 것은 바로 흰 바람벽이 있기 때문이다. 흰 바람벽이 있어
사랑하는 사람과 그리운 사람을 볼 수 있고, 흰 바람벽이 있어 자기를 성찰
할 수 있는 것이다. 마치 우리가 거울을 보며 자신의 과거, 현재, 미래를 떠
올리는 것처럼. 그러면서 '흰 바람벽'을 통해 인생에 대해 성찰하게 된다.

　화자는 흰 바람벽을 보면서 '왜 나는 이 세상에서 가난하고 외롭고 높고
쓸쓸하니 살아가도록 태어났을까' 생각한다. 그러자 화자의 이러한 쓸쓸한
마음 뒤로 '하늘이 이 세상을 내일 적에 그가 가장 귀해하고 사랑하는 것들
은 모두 / 가난하고 외롭고 높고 쓸쓸하니'라는 글자가 지나간다. 화자는 안
다. 자신이 가난하고 외롭고 높고 쓸쓸한 것은 하늘이 가장 귀해하고 사랑
하기 때문이란 것을.

　여기서 '가난하고 외롭고 높고 쓸쓸한'이라는 구절은 많은 생각을 하게

한다. 만약 이 시구에서 '높고'가 없다면 어떤 느낌일까? <나와 나타샤와 흰 당나귀>와 <선우사>에서도 가난하고 외로워서 쓸쓸하지만 이것을 이겨나 갈 수 있는 '높음'이 있음을 표현하고 있다. 자신의 삶이 가난하고 외롭고 쓸쓸하지만 이것을 이겨낼 수 있는 '높고'가 있어 하늘이 나를 가장 귀하게 여기고 사랑하고 있음을 깨우쳐 나간다.

우리의 삶에서 흰 바람벽처럼 삶을 좀 더 의미 있고 풍요롭게 바라볼 수 있게 하는 매개체는 무엇인가? 내 삶을 기록한 일기장이 될 수도 있을 테고, 행복한 추억을 담고 있는 휴대 전화가 될 수도 있을 것이다. 우리의 삶을 투영해 볼 수 있는 흰 바람벽 같은 그 무엇인가가 있을 때 삶이 더 풍요로울 것이다.

남신의주 유동 박시봉방

어느 사이에 나는 아내도 없고, 또,
아내와 같이 살던 집도 없어지고,
그리고 살뜰한 부모며 동생들과도 멀리 떨어져서,
그 어느 바람 세인 쓸쓸한 거리 끝에 헤매이었다.
바로 날도 저물어서,
바람은 더욱 세게 불고, 추위는 점점 더해 오는데,
나는 어느 목수네 집 헌 샅을 깐,
한 방에 들어서 쥔을 붙이었다.
이리하여 나는 이 습내 나는 춥고, 누긋한 방에서,
낮이나 밤이나 나는 나 혼자도 너무 많은 것같이 생각하며,
질옹배기에 북덕불이라도 담겨 오면,
이것을 안고 손을 쬐며 재 위에 뜻없이 글자를 쓰기도 하며,
또 문 밖에 나가지두 않고 자리에 누워서,
머리에 손깍지 베개를 하고 굴기도 하면서,
나는 내 슬픔이며 어리석음이며를 소처럼 연하여 새김질하는
것이었다.
내 가슴이 꽉 메어 올 적이며,

내 눈에 뜨거운 것이 핑 괴일 적이며,

또 내 스스로 화끈 낯이 붉도록 부끄러울 적이며,

나는 내 슬픔과 어리석음에 눌리어 죽을 수밖에 없는 것을 느끼는 것이었다.

그러나 잠시 뒤에 나는 고개를 들어,

허연 문창을 바라보든가 또 눈을 떠서 높은 천장을 쳐다보는 것인데,

이때 나는 내 뜻이며 힘으로, 나를 이끌어 가는 것이 힘든 일인 것을 생각하고,

이것들보다 더 크고, 높은 것이 있어서, 나를 마음대로 굴려 가는 것을 생각하는 것인데,

이렇게 하여 여러 날이 지나는 동안에,

내 어지러운 마음에는 슬픔이며, 한탄이며, 가라앉을 것은 차츰 앙금이 되어 가라앉고,

외로운 생각만이 드는 때쯤 해서는,

더러 나줏손에 쌀랑쌀랑 싸락눈이 와서 문창을 치기도 하는 때도 있는데,

나는 이런 저녁에는 화로를 더욱 다가 끼며, 무릎을 꿇어보며,

어니 먼 산 뒷옆에 바위 섶에 따로 외로이 서서,

어두워 오는데 하이야니 눈을 맞을, 그 마른 잎새에는,

쌀랑쌀랑 소리도 나며 눈을 맞을,

그 드물다는 굳고 정한 갈매나무라는 나무를 생각하는 것이었다.

삿   갈대를 엮어 만든 자리

쥔을 붙이었다   주인집에 세 들었다

누굿한   눅눅한

질옹배기   질흙으로 빚은 둥글넓적하고 아가리가 벌어진 작은 그릇

북덕불   짚이나 풀 따위가 뒤섞여 엉클어진 뭉텅이에 피운 불

굴기도   구르기도

나줏손   저녁 무렵

섶   옆

남신의주 유동 박시봉방 🔍

이 시는 1948년 《학풍》 창간호에 처음 실렸는데, 제목은 한자로 '南新義州柳洞朴時逢 方(남신의주유동박시봉 방)'이라고 표기되어 있다. 오늘날 표기법에 따르면 '남신의주, 유동, 박시봉방'으로 끊어 읽어야 한다. 이는 주소와 관련되는 말인데, '남신의주 유동'은 지명이고, '박시봉'은 사람 이름이다. 뒤의 '방'은 편지를 보낼 때 세대주 이름 아래 붙여 그 집에 거처하고 있음을 나타내는 말이다. 그러니까 이 제목은 '남신의주 유동에 있는 박시봉 집'으로 해석할 수 있다.

나에게 보내는 편지 🔍

이 시는 마치 자기 자신에게 보내는 편지 같다. 가족과 헤어지고 혼자 추운 겨울에 누추한 곳에 세 들어 사는 자기 자신에 대해 담담히 고백하는 시다. 습내 나고 눅눅한 방에 누워 자신의 인생이 어떻게 여기까지 오게 되었는지, 슬픔이며 어리석음을 되돌아보는 것이다.

더 크고 높은 것

1행부터 19행까지는 홀로 지난 과거를 되돌아보고 있는 '나'의 모습이 나타난다. 그러다가 20행의 '그러나'부터 '나'의 생각이 바뀐다. 누워서 '내가 어쩌다가 가족과도 헤어지고 여기까지 오게 되었지?'라고 지난 과거를 돌아보다가 문득 고개를 들어 높은 천장을 쳐다본다. 그러면서 자신이 여기까지 오게 된 것은 자신의 뜻과 힘이 아니라 그것보다 더 크고 높은 것이 자기를 마음대로 굴려 가는 것이라는 생각을 하게 된다. 운명과 같은 더 크고 높은 것이 자신을 여기까지 오게 한 것이라는 생각을 하게 되자, 슬픔과 한탄 등이 가라앉고 외로운 생각만 남게 되었다.

갈매나무

어느 사이엔가 가족도 없이 홀로 목수네 집 방 한 칸을 세 얻어 쓸쓸하게 살고 있는 자신의 인생에 대해 생각하다 보니, 운명 같은 큰 것이 자기를 여기까지 오게 한 것이라는 것을 깨닫게 된다. 그러면서 지금의 자신처럼 외로이 하얀 눈을 맞고 서 있을 갈매나무를 떠올린다. 그 갈매나무는 드물고 굳고 깨끗하고 바른 나무여서 먼 산 뒷옆의 바위 곁에 외롭게 서서 혼자 하얀 눈을 맞으며 이 겨울을 견디고 있다. 마치 지금의 자신처럼. 갈매나무는 시적 화자와 같은 존재이자 외로움이나 상실감과 같은 심경을 이겨내게 하는 존재이다.

'남신의주 유동'은 화자가 있는 곳이다. 화자는 왜 거기에 있을까? 거기에 있게 된 상황부터가 시의 시작이다.

32행으로 된 이 시는 다섯 문장으로 이루어져 있다. 다섯 개의 문장을 정리해 보면 시의 흐름이 보인다. '거리 끝에 헤매이었다, 쥔을 붙이었다, 새김질하는 것이었다, 느끼는 것이었다, 생각하는 것이었다' 이 다섯 문장을 이어보면, 화자가 거리 끝을 헤매다가 어느 방에 쥔을 붙이고(세를 들고) 나서 살아온 인생을 새김질하면서 자신의 삶을 느끼고, 그런 다음 어떤 생각을 한다는 이야기다.

첫 번째 문장은 화자가 처한 상황을 담담하게 이야기한다. 집도 절도 없이 홀로 헤매는 자신의 처지를 드러내고 있는 것이다. '어느 사이에'라는 말이 참 아프게 와닿는다. 나도 모르는 사이에 한데로 밀린 자신의 처지를 '어느 사이에'라는 말로 시작한다. 그러고 보면 '한때'는 화자도 아내가 있었고, 집도 있었고, 살뜰한 부모와 동생들과 화목하게 살았으리라. 그런 화자가 쓸쓸한 거리를 헤매고 있다. 쓸쓸하게 헤매던 화자가 박시봉이라는 목수네 습한 방에 세를 든다. 추운 겨울인데도 헌 삿자리를 간 눅눅한 방에 자리 잡는다.

쓸쓸한 거리 끝을 헤매다가 쥔을 붙인 화자의 상황이 처음 이야기다. 여기에서는 모든 것을 잃고 여기에 온 화자의 처지를 담담하게 이야기한다. 원래 이 시는 제목이 없어 시를 보낸 편지의 겉봉투에 쓰인 주소를 제목으로 삼았다는 이야기가 있지만, 왠지 내용과 잘 어울리는 제목이라는 생각이 든다. 화자가 삶의 벼랑으로 밀려 살게 된 곳, '남신의주 유동 박시봉방'. 화자는 거기서 무엇을 하는가?

화자는 박시봉네 세 든 방에서 새김질을 한다. 슬픔이며 어리석음을 계속하여 되새긴다. 머리에 손깍지 베개를 하고 누워서. 다 식어버린 북덕불에 뜻 없이 글자를 쓰기도 하면서. 습내 나고 누긋한 방에서 왜 여기까지 밀려왔는지를 새김질한다. 새김질하면서 화자는 느낀다. 이러다가는 자신의 슬픔과 어리석음에 눌리어 죽을 수 있다는 것을. 가슴이 메이고 눈물이 핑 괴이고 부끄러워 화끈거릴 적마다 이렇게 눌리어 죽을 수밖에 없겠다고 느낀다. 온몸으로 느낀다.

세상의 바닥이라고 생각되는 '남신의주 유동 박시봉방'의 습기 가득한 방 바닥에 누워서 자신의 바닥을 느끼는 화자. 자신의 어리석음 때문에 여기 바닥까지 밀려 왔다고 느끼는 화자는 다시 생각한다. '내 탓인가?'

캄캄한 현실 속에서 하얀 창문을 보면서 낮은 바닥에 누워 높은 천장을 쳐다보며 생각한다. 무엇이 나를 여기 바닥으로 몰아넣었는가? 자신보다 더 크고 높은 것의 힘에 떠밀렸다고 여긴다. 자기 어리석음 탓이 아니라는 생각이 들면서 슬픔이며 한탄이 앙금이 되어 가라앉는다. 시간도 한몫을 했으리라. 시간만큼 좋은 치료약은 없으니까. 그러나 시간만큼 외롭게 하는 것도 없다. 슬픔도 어리석음도 한탄도 다 사라지고 이제 외롭다는 생각만 드는 그때에 화자는 '갈매나무'를 떠올린다.

갈매나무 또한 자신처럼 외로이 서 있다. 그 나무 또한 자신처럼 어두운 곳에서 하얀 눈을 맞는다. 그 나무 또한 자신처럼 마른 잎새만을 달고 있다. 그러나 그 나무는 이런 상황에서도 굳고 정갈하다. 굳고 정한 갈매나무를 생각하며 슬프고 외로운 자신을 견뎌낸다.

다섯 문장의 종결어미를 살펴보면, 처음 두 문장의 종결어미는 '헤매이었다'와 '붙이었다'이다. 다음 세 문장의 종결어미는 '새김질하는 것이었다', '느끼는 것이었다', '생각하는 것이었다'이다. 앞의 두 문장과 비교해 보면 문맥상 '새김질하였다, 느끼었다, 생각하였다'라고 써도 되는데 시인은 의도적으로 '것이었다'를 붙인다. 마치 자신의 삶을 한 발 떨어져 보는 것 같다. 어디서부터? 자신의 삶을 새김질하는 데서부터. 새김질하면서부터 자신을 객관적으로 보려고 한다.

백석 시의 매력은 이렇듯 어떤 상황이나 서사적인 사건을 담담하게 서술

하는 데 있다. 자신의 이야기를 남의 이야기 하듯 하며 거기에 자신의 서정을 살포시 집어넣는다. 거리가 쓸쓸하고 갈매나무가 외롭다고 하는 것처럼 말이다. 그래서 더 쓸쓸하고 더 외롭다. 그래서 더 굳고 정갈하다.

백석 연보

1912년 7월 1일	평안북도 정주에서 백시박과 이봉우의 3남 1녀 중 장남으로 태어남. 본명은 백기행.
1918-1924년	오산학교를 다니며 시인의 꿈을 키움.
1929년	오산고등보통학교를 졸업함.
1930년	단편소설 <그 모(母)와 아들>이 조선일보 신년 현상문예에 당선됨. 일본 아오야마학원 영어사범과에 입학함.
1934년	귀국 후 조선일보에 입사함.
1935년	조선일보에 시 <정주성>을 발표하면서 시인으로 등단함.
1936년	시집 《사슴》을 출간함. <정주성>, <여우난골족>, <통영>, <머루밤>, <여승> 등 총 33편이 수록됨.
1937년	<함주시초>, <바다>를 발표함.
1938년	함흥에서의 교사 생활을 그만두고 경성으로 옮겨 감. <산중음>, <고향>, <나와 나타샤와 흰 당나귀> 등을 발표함.
1939년	조선일보를 그만두고 평안북도를 여행함. <서행시초> 등을 발표함.

1940년	<목구>, <수박씨, 호박씨>, <북방에서> 등을 발표함. 토마스 하디의 장편소설 《테스》를 번역함.
1941년	<귀농>, <국수>, <흰 바람벽이 있어>를 발표함.
1945년	고향 정주로 돌아와 평양에서 리윤희와 결혼함.
1948년	《학풍》 창간호에 <남신의주 유동 박시봉방>을 발표함.
1956년	동화시와 아동문학 관련 글을 발표함.
1957년	동화시집 《집게네 네 형제》를 출간함. 《아동문학》에 <멧돼지> 등 동시를 발표함.
1959년	농촌 체험을 담은 시 <이른 봄>, <공무여인숙> 등을 발표함.
1960년	<눈>, <전별>, <오리들이 운다> 등을 발표함.
1962년	<조국의 바다여>, <나루터>를 발표함. 이후 북한 문화계에 대한 반발로 창작 활동을 중단함.
1996년	85세의 나이로 사망함.

백석을 읽다

소소하고 사소한 것들의 아름다움

1판 1쇄 발행일 2019년 6월 27일
1판 6쇄 발행일 2024년 11월 25일

지은이 전국국어교사모임
발행인 김학원
발행처 (주)휴머니스트출판그룹
출판등록 제313-2007-000007호(2007년 1월 5일)
주소 (03991) 서울시 마포구 동교로23길 76(연남동)
전화 02-335-4422 **팩스** 02-334-3427
저자·독자 서비스 humanist@humanistbooks.com
홈페이지 www.humanistbooks.com
유튜브 youtube.com/user/humanistma **포스트** post.naver.com/hmcv
페이스북 facebook.com/hmcv2001 **인스타그램** @humanist_insta
편집책임 문성환 **편집** 윤무재 **디자인** 유주현
용지 화인페이퍼 **인쇄** 청아디앤피 **제본** 민성사

ⓒ 전국국어교사모임, 2019

ISBN 979-11-6080-275-7 43810